JN061105

天翔ける王の愛贄
にえ
～天凰界綺譚～
Masaki Kusuda
楠田雅紀

CB
CHARADE BUNKO

Illustration

羽純ハナ

CONTENTS

1

まだ固くて小さなぶどうの房。その房のひとつひとつに、ユキは丁寧に紙の袋をかぶせていく。日差しにぶどうの皮が焼けてしまわないように、虫がつかないように、袋で守ってやるのだと「じっちゃん」は教えてくれた。

ぶどうだけではない、この果樹園にあるすべての果物の世話の仕方をユキは「じっちゃん」に教えてもらった。

爽(さわ)やかな風が頬(ほお)を撫(な)でていく。

ユキは作業の手を止め、緑の蔦(つた)と葉を透かして空を見上げた。

ここ天鳳界(てんぽうかい)の空は、今日は青く気持ちよく澄み渡っている。ユキが手入れしている果樹園に豊かな水を送ってくれる裏山の木々もおだやかに憩っているように見える。

ユキが子供の頃は空は青いのが当たり前だったし、木々の緑はすこやかで、水は澄んでいるものだった。

なのに、いつからだろう。空には灰色のかすみがかかり、風に異臭が混ざり、湧(わ)き水に濁りが混ざっても、不思議に思わなくなったのは。

人間界の空があまりによごれてしまって、人間界の空をつかさどっている天鳳界にもその影響が出ているのだと「じっちゃん」はよく嘆いていた。

「あ」

青い空を見上げるユキの視界に、鮮やかな色彩がいくつもよぎった。急いでぶどう棚の下から出る。見まちがいではなかった。

「鳳王さまだ！」

赤、青、黄……普通の鳥人より二回りほども大きな貴鳥に囲まれて、純白の翼を広げ、長い尾羽を優美にたなびかせて青い空を行くのは、この天鳳界の至宝ともいうべき、鳳王そのひとだった。お供の貴鳥たちより、さらに大きい。

まばゆいほどに白いその翼から、金色の粉のようなものが四方へと散っている。煙やかすみと同じように、手に掴むことのできるものではないとは承知で、ユキは鳳王がまき散らす金粉に向かって手を差し伸べた。心なしか爽やかな風が胸に吹き込んでくるような気がする。

剛健な虎王、強靭な龍王、そして頑健な亀王に比して軟弱と言われる鳳王だが、ほかの三王が持たぬ力が鳳王にはある。それは穢れを祓い、淀みを流す力——浄化の力だ。その霊力で鳳王は天鳳界のみならず、人間界の空までも浄化している。武力で他の三界に劣る天鳳界が天の四界で一目も二目も置かれているのは、鳳王だけが持つ特別な力のゆえだ。

今、その力は金色の粉という形で天鳳界の空に振りまかれている。

「鳳王さま、ありがとうございます」

貴鳥たちに守られ、純白の翼をそよがせて優雅に空を渡る姿を見送り、ユキは小声でつぶやいた。


ナツメヤシの収穫の日だった。まっすぐ伸びた幹のてっぺん近くから四方八方へと枝が垂れ、それぞれの枝に円錐状にぎっしりと実がついている。ユキははしごを使い、つやつや光る赤褐色の実を枝ごと切り取って背負ったカゴに入れていく。デーツとも呼ばれるナツメヤシは天虎界が原産だという。砂糖を焦がしたような香りと強い甘みが特徴だ。なまでそのまま食べるもよし、干してよし、煮てよしと、いろんな食べ方ができる。

天鳳界は基本的には温暖だが、ゆるやかな四季がある。だが不思議なことに、寒冷な天亀界、四季がはっきりしていて湿潤な天龍界、暑くて乾燥している天虎界の三界で育つ植物はどれも天鳳界でも育つという。

特に、伝説の農夫と呼ばれるネルジェス爺こと「じっちゃん」が山のふもとを開墾して作った、この「ネルジェス爺の果樹園」では、一年中、さまざまな果物が豊富に収穫できる。それは鳳王に守られているこの天鳳界の特殊性のおかげでもあっただろうが、じっちゃんが作り出した、野菜や果物くずに魚のアラや骨を混ぜて発酵させた「ネルジェス爺の肥料」がすごいのだとユキはひそかに思っている。じっちゃんはその肥料の作り方を聞かれれば誰にでも教えたが、一番うまく作り続けているのはじっちゃんに直々に教えられた自分だろうとも。

背中のカゴがずいぶんと重くなった。手の届く範囲の摘み取りを終えて、ユキは「さて」と視線を下に向けた。

鳥の姿になれば、わざわざはしごを一段ずつ下りる必要はない。

（少しだけなら……）

はしごのてっぺんから地上まで舞い降りれば一瞬だし、果樹園の木々がひとの目をさえぎってくれるだろう。

でも、とユキは逡巡する。

『おまえはひと前で絶対に鳥姿になるなよ』

母の厳しい顔と声がくっきりと脳裏によみがえる。

『天鳳界にはいろんな色の鳥人がいる。けど、おまえみたいに全身黒い羽で覆われているのはかなり珍しい。ああ、かあさんは大好きだよ、おまえの羽。つやつやでとても綺麗だ。羽だけじゃない、おまえは素直で元気ないい子だよ。けど、ひとはおまえの黒い羽だけ見て、不吉だとか災いをもたらすとか勝手なことを言うんだ。真っ黒だってだけで、おまえは捕まえられて、やっつけられちまう』

『……やっつけられちゃう……』

直截な母の言葉にユキは震えあがった。

母だけではない、母とユキを助けてくれたじっちゃんも黒一色の鳥は退治されてしまうと言っていた。天鳳界にもカラスはいるが、鳥人が鳥になると、大きさがまるでちがう。ユキが鳥になると、ささやかながら冠羽や尾羽もあり、それもさらに目立つ要因になる。

『まあ、なんだ。空を飛べんのはちぃっと不便だが、なに、二本の脚があるんだ。歩きゃええ』

ユキの鳥姿が黒一色だと母が打ち明けると、じっちゃんは気の毒そうに眉間にしわを寄せてそう言った。じっちゃんがまだ若い頃、実際に全身真っ黒の鳥が兵士たちに捕らえられるのを見たことがあるという。

『そのひとは捕まって、どこに連れていかれたの？』

『さあなあ……王宮に連れていかれたのだという者もあれば、ひと気のない森や川原に連れていかれたという者もあったなあ』

『王宮やひと気のないところに連れていかれて、どうなるの？』

もし羽が黒一色だとひとに知れたらどうなるのか。きちんとしたことを知りたくてユキは問いを重ねた。母とじっちゃんは困ったように顔を見合わせた。

『どうなるのかのぅ……連れていかれたあと、そのひとは二度とみんなの前に姿を現さんかったよ。昔から、黒い鳥は不吉の象徴、だから退治されるのだと言われとる』

「やっつけられちまう」と大差ない答えだった。

昔だけではない。最近、「鳥姿漆黒の者を見知る者は、最寄りの兵士詰所へ申告せよ。金貨百枚を褒美とする」と黒鳥を捕まえるための立て看板が街のあちこちに見られるようになった。天鳳界が人間界の瘴気にじわじわと侵食されているのも不吉な黒い鳥がどこかにいるせいだとひとびとが噂しているのを、ユキも耳にしたことがある。

黒鳥だとひとに知られるわけにはいかない——ユキははしごの上で溜息をひとつついた。

街の中心へと目を向けると、はっきりした原色も柔らかな中間色もありの華やかな彩りの鳥たちが翼を広げて行き交っている。その中で黒一色は逆にとても目立つだろう。鳥人は目がいい。都のはずれの果樹園の奥深くでも、誰かの目に止まらないとは限らない。

(仕方ないか)

はしごに摑まりながら一段ずつ下りることにした。

「っせ!」

最後の一段だけ飛び降りた。

枝ごと収穫したナツメヤシの実をひとつずつ、枝からはずす作業が待っている。ユキは家の横手にある作業場へと足を向けた。

ネルジェス爺の果樹園で採れた果物の多くはじっちゃんが管理していた頃からずっと、

王宮に納めている。大きさがそろわないもの、虫に食われたり、傷がついてしまったものは街の市場で売っているが、今日収穫した分はほとんど王宮に納入できそうだった。

作業場へと向かう途中、桃の区画にさしかかった時のことだ。

「っ……」

果樹園の中は果樹を弱らせる蔦や、行き来の邪魔になるような丈の高い雑草のほかは自由に生えるにまかせている。その緑の下生えの中ににょっきりと革の長靴が伸びていて、ユキはぎょっとして息を飲んだ。

ここで暮らしているのはユキひとり、手伝いのバルクも今日はまだ来ていない。

「だ、だれ……?」

ナツメヤシの入ったカゴを背から下ろし、視界をさえぎる桃の木をそっと回り込む。

最初に目に飛び込んできたのは木漏れ日を弾(はじ)いて光る、豊かなプラチナブロンドの髪だった。

熟れた桃の甘い香りが満ちる桃畑の中で。一本の桃の木に上体を預け、ひとりの青年が両脚を投げ出して眠っていた。肩先で揺れる艶やかなプラチナブロンドの髪と透き通るように白い肌を持った、はっとするほど美しい顔立ちの青年だった。その顔立ちも髪も肌も、あまりに常人離れしていて、人形のようだ。

ユキもよくハンサムだと褒められるが、それは市場のおじさんやおばさんの商売っ気込みのお世辞にすぎない。しかし、桃の木にもたれて目を閉じている青年は「ハンサム」という軽い言葉で形容しては申し訳ないほどに綺麗だった。肌には透明感があり、髪など淡く発光しているようにさえ見える。母ゆずりの褐色の肌と黒い髪がユキは嫌いではなかったが、くらべてみると自分がずいぶんとがさつで荒い存在であるような気がしてくる。

（本当にひとか？）

もしかしたらバルクがユキを驚かそうと精巧な人形を置いていったのではないかと、ユキはさらに一歩、青年に近づいた。

ゆっくりと胸が上下している。

（人形じゃないんだ）

相手が生きたひとであることを確認してから、ユキは改めて青年を眺め回した。身に着けているのは白絹のブラウスに、ぴったりしたズボン、柔らかそうな革の長靴だけ。鳥人はひとから鳥姿になる時に、着衣も霊力によって羽の一部に変えることができるが、少しでも翼を軽くするために、上着や装飾品ははずす者が多い。ではこの青年は鳥姿でこの果樹園にやってきたのか。

「あ！」

それまで青年の稀な美貌に目を奪われていたが、その手元や周囲に食べかけの桃や桃の芯がころがっているのに気づいてユキは声を上げた。完熟であとは収穫するばかりの実が食い散らかされている。

「あああ……」

青年が寝ていたのはよりにもよって桃畑の中でも特に実ぶりのいい木の根元だった。実の大きさも甘さも群を抜いていて、もちろん王宮に納めるつもりで丹精していたものだ。

青年のかたわらに膝(ひざ)をつき、ユキは周りに薄ピンクの果肉が残る桃の芯を拾い上げた。四つ、いや、五つ……。五つ目は青年の手に握られていた。

(五つも!)

がぶりと大きくかじり取られてもう売り物にはならないだろうが、思わず手が伸びた。青年の手から食べかけの実を取り上げようとした、その時だ。

それまですこやかな寝息を立てていた青年の目がかっと開くと同時に、手を摑まれた。視界がくるりと反転し、なにが起こったのかわからぬうちに、ユキは仰向(あおむ)けに押さえ込まれていた。青年の髪がふわりと揺れる。

いきなり腕をとられて押さえ込まれながらも、ユキは自分を見下ろす青年の瞳(ひとみ)に思わず見入ってしまった。夜明けの空が切り取られたか、天虎界でしか採れぬという高価な宝石か。青年のバイオレットの双眸(そうぼう)は吸い込まれそうなほど美しかった。

寝顔でも容貌の美しさは抜きんでていたが、すみれ色の瞳と切れ上がった目元は青年をさらに魅力的にしている。——が。

「何者だ」

形よい唇から出てきたのは不機嫌そうな低い声での誰何だった。

「は、はあ⁉　何者って……それはこっちのセリフだ！」

ユキは肩を跳ねさせて言い返した。

「ここはおれの果樹園だぞ！　勝手に入って、勝手に桃食って……そっちこそ何者だ！」

「……おまえの果樹園？」

「そうだ！　もともとはじっちゃんが管理してたネルジェス爺の果樹園だ！　遺言でおれが引き継いだんだ！　手を放せ」

青年は目を細めて疑わしそうにしつつも、手を放し、ユキの上から身を起こす。

「ああもう……こんなに食べちゃって……」

芯だけになってころがっている桃を見回すと、

「いくらだ。金なら払ってやる」

青年はそれでいいだろうと言わんばかりに言い放った。その言葉にユキはむっとくる。

「金……金の問題じゃない！　この果樹園で採れた果物は王宮に納めてるんだ！　あんたが勝手に食べたこの桃は鳳王さまに召し上がっていただくものだったんだぞ！　そんな、金を払ったからって誰でも食べられるものじゃないんだ！」

青年は一瞬目を見張り、そして「は！」と短く笑った。

「値がつけられぬと言ってより高く売りつけるのは商人の常套手段だ。まあいい。言い値で買ってやろう」

その言いように、ユキの頭にさらに血がのぼる。

「金の問題じゃないって言ってるだろ！　高く売りつけるとか……おれは商人じゃない！　この木はうちの桃の木の中で一番いい実がなるんだ。大きくて、甘くて、香りもよくて、みずみずしい……そういう最高のものを鳳王さまに召し上がっていただきたくて丹精してるんだ！　もうけるためじゃない！」

青年の整った顔に皮肉な笑みが浮かぶ。

「ほう、たいそうなことだ。なぜそうも鳳王が特別なのか、わけがわからんな。たまたま王家に生まれつき、たまたま霊力を授かっていたというだけだろう」

ユキは今度は口をぽかんと開いた。敬愛されるべき鳳王に向かってなんてことを……。

「た、たまたまって……たまたまでもなんでも、鳳王さまだぞ！　この天鳳界が清浄に保たれているのも鳳王さまのおかげで……」

「当たり前だ。天鳳界と人間界の空を清めるための霊力が鳳王にはあるのだから。おまえがこの果樹園の木々の世話をするのが当たり前のように、鳳王は浄化の仕事をしているだけだ。同じことだろう。なにも特別なことはない」

いやいやいやとユキは首を横に振った。

「おれなんかの仕事と鳳王さまの仕事が同じなわけないだろ。責任の大きさも仕事の大変さも全然ちがう。鳳王さまはすごいんだ。なに言ってんだ」

本気であきれて言い返したが、

「なにがすごいものか」

青年は話にならんというように、肩をすくめてみせてくる。

「あいつは怠け者で、皮肉屋だ。好き嫌いも多いわ、勉強嫌いだわ、感心されるような人物ではない。すごいと言うなら、これだけの果樹園を守っているおまえのほうだろう」

「いや、おれなんか……それより、あんた……」

さりげなく褒められて悪い気はしなかったが、やけに鳳王についてくわしいのが気になる。ユキはまじまじと青年を見つめた。

艶やかな髪、透明感のある肌。まとっているブラウスもよく見れば洒落(しゃれ)ていて、細かな模様が織り込まれている上質なものだ。桃を勝手に食い散らかして昼寝までしている闖入者(ちんにゅうしゃ)への怒りしかなかったが、青年自身も高貴な身分かもしれないとユキは改めて気づく。

「まさか……鳳王さまに会ったことあるのか？　あるんだな!?　どんな方なんだ!?　やっぱりすごくお優しいのか!?」

身を乗り出したユキの勢いに、青年は若干、引いたようだった。

「なあ！　鳳王さまはどんな方なんだ？」

ユキが答えをせっつくと、青年はこほんとひとつ、咳払いをした。

「……ひとの話を聞いてないのか。感心されるような人物じゃないと言っただろう」

「えー」

ユキをはじめ、天鳳界の者の多くは鳳王を鳥の姿でしか知らない。鳳王はめったにひとの姿で民の前に姿を現さないからだ。

青年が鳳王のことを悪く言うのはいただけない。だが、文字通り雲の上の存在である鳳王のそば近く仕えたことがあるのなら、少しでも話を聞きたい。

「なあ、鳳王さまって……」

前鳳王から第一王子へ譲位がおこなわれ、新鳳王の即位が盛大に祝われたのは数年前だ。鳳王は浄化の力を失うとみずから退位し、もっとも強い霊力を持つ王子にその力が引き継がれる。浄化の力は同時に複数の者が持つことはない、不思議な力だ。

即位の日は新王と前王が連なって空をゆき、代替わりを世に示した。前王の七色に輝く翼にくらべ、新王の白い翼は小さく見えたが、街の年寄りたちは、鳳王は若い頃はただ白いだけだが力をつけると七色の輝きを得るのだと言い、人々にはなんの不安もなかった。

新王の羽ばたきは若々しくて力強く、ユキもみんなと一緒に歓声を上げて手を振った。

それから数年、浄化の金粉をまいて空をゆく鳳王の翼はいまだ白いままだが、おいくつ

の方なのか。もっと鳳王さまについて教えてもらいたいとユキは勢い込んだが、そこへ、

「おーい、ユキ、いるかあ？」

のんびりした声がした。バルクだ。今日は箱詰めの手伝いを頼んであった。

「おう、バルク、こっちこっち！」

木々の間の小道に顔を出して手を振ってみせる。ぽっちゃりしたからだを揺すりながら、バルクがやってきた。

「とにかく、ここの果物を勝手に……」

とって食うなと、青年にきつく言っておくつもりで振り返ると、さっきまで青年が座っていた桃の木の下に、もうひとの姿はなかった。あわてて周囲を見回し、鳥になったのかと空も見上げたが、それらしき姿はどこにもない。

「どしたー？」

ユキが置いておいたナツメヤシのカゴを手に、バルクがのったりと顔をのぞかせる。

バルクはユキが果物を卸している八百屋の息子だ。店はまだまだ元気な両親が切り盛りしていて、あいた時間にこうしてユキの手伝いに来てくれている。こう見えて、可愛い奥さんと子供がいる、一児のパパだ。

「ああ、いや……誰か知らないけど、勝手に入ってきて、勝手に桃食っちゃってて」

「ああー」

バルクも芯だけになった桃に声を上げ、

「これ、一番いい木なのに。あーあ食べかけ。もったいない」

と眉を寄せた。

「そうなんだよ！　王宮に納めるものだって言ってるのに、金を払えばいいだろうとか、鳳王だからって特別扱いはおかしいとか、変なことばっか言うやつでさ」

「それは変だねー。鳳王さまは特別に決まってんのに」

だよなーとバルクとうなずき合うユキだった。


その数日後——ユキはイチジクの様子を見て回っていた。

イチジクは実が大きくなりだしてから完熟までが速い。早く摘めばみずみずしい甘さが楽しめるが濃厚さに欠けるし、ねっとりした甘さになってからでは収穫後にいたみやすくなる。王宮に一番いい状態で納めるには熟れ頃をこまめに見ておく必要があった。

大きな扇のようなイチジクの葉。その葉を手でよけたところで、下生えに投げ出された革の長靴が目に飛び込んできた。

二度目となればそれほど驚かない。

またあいつか、今度はイチジクを勝手に食べたのかと、ユキは憤然としつつ歩み寄る。

「おい」

今日はイチジクの木の根元で眠っている青年に声をかけた。

透けるような肌も、精緻な彫像のような容貌も、淡く発光しているかのようなプラチナブロンドの髪も、伸びやかな四肢も、本当に美しい。白絹のブラウスもよく似合っている。

しかし、その姿がどれほど美しくてもユキにとってはただの無断侵入者だ。

「起きろよ」

眉を寄せ、まぶしそうに青年が目を開く。

「勝手にひとの果樹園に入って、勝手に食うなよ」

桃とちがってイチジクは食べてしまえばなにも残らない。ユキが育てているイチジクは皮が薄く、実と一緒に食べてもおいしいからなおさらだ。

「怒られたからな。今日はなにも食べていないぞ」

もぎとられた痕がないかとユキは青年が根元で寝ていた木の枝を注意深く見回す。

無断で食べないのは当たり前だろう。なのに、起き上がった青年はなぜだか自慢げに胸を張る。

「いばんな。ひとの果樹園に勝手に入ってきてんのは同じだろ」

つんけんと言ったが、青年はにやりと笑う。

「美女に男が群がるように、甘い香りはひとを寄せる。この果樹園がそれだけかぐわしい香りを放っていたということだ。自慢に思うがいい」

あまりの言いようにぽかんと口を開きそうになって、ユキはあわてて口元を引き締めた。

「……なに言ってんだ、あんた」

「褒めている。これだけの果樹園をおまえひとりで世話をしているのか」

「……手伝いはいるよ。バルク。友達で、王宮への納品とか箱詰めとか、手伝ってもらってる」

「手伝いもそのバルクとやらひとりか。ひとを雇うことは考えないのか」

果樹園の切り盛りなどあんたに関係ないだろうと突き放そうか。少し迷ってから、

「……じっちゃんが」

とユキは切り出した。

「この果樹園の木はおれのことをすごく気に入ってる、だからどの木も精一杯、おいしい実をつけようとするんだって……言ってて」

話しているあいだに顔が熱くなってきて、ユキはあわてて手を振った。

「いや！　そんなの、おれに果樹園を継がせるための嘘だったかもしんないんだけど！　でも……そう言われたら、がんばんなきゃなって……」

青年は笑わなかった。黙って周囲を見回す。

「……嘘ではないだろう。作物は心を込めて世話をすれば応えてくれるものだと聞く。こ

の果樹園の実がおいしいのは、おまえの世話があればこそなのだろう」

「…………」

照れくさくなってユキは立ち上がった。食べ頃になっているイチジクをひとつ摘む。

「やる」

青年の顔の前に突き出した。

「褒めてもらったから、お礼」

バイオレットの瞳が驚きに見開かれる。

「ああ、だからって、もうこんなふうに勝手に入ってくんなよ。食べたら帰れ」

ぐーきゅるるるー。

ユキの言葉に不満げな声を上げたのは青年の声帯ではなく、青年のおなかのほうだった。

「……あんた、腹がへってんの？」

「……あまり自覚はなかったのだが」

青年が不思議そうにおなかを押さえる。

「そういえば、この前ここの桃を食べてから、ほかのものはほとんど食べていないな」

「え、じゃあ三日も？」

「おまえに桃をたくさんもらったからな」

「あげてない」

冷たくそう返したが、青年が空腹なのは気になった。空腹のつらさを知っていればこそ、見過ごせない。

「えっと……パンとスープしかないけど、うち来る？」

「食事に招待してくれるのか」

「だからパンとスープだけだって。それでよければ……その、食べてけば」

「ではお言葉に甘えよう」

青年が立ち上がる。頭半分、ユキよりも背が高い。

「まだ名前も聞いてなかったな。おれはユキ。あんたは？」

「エル……エルだ」

青年はそう名乗ると、ひとつ、うなずいた。


ユキはエルを果樹園の最奥にある家に案内した。石造りのその家の横手には広い納屋のような作業場がある。枝ごと採ってきたナツメヤシの実を摘んだり、王宮と市場に出すものを仕分けたり、箱詰めにしたりといった作業のための場所だ。濃厚な果物の香りが沁みついている。

「どうぞ」

入り口のドアを開いて声をかけると、エルはもの珍しそうに中を見回しながら入ってきた。暖炉のある広い部屋には大きな木製のテーブルと椅子が置いてあり、腰高の仕切り板を挟んで、奥はかまどと洗い場があるキッチンになっている。横手のドアはユキの寝室だ。

「椅子に座って待ってて。スープをあったためてくる」

エルに聞きたいことはいろいろあるが、まずは腹ごしらえをさせたい。ユキは椅子を勧めてキッチンへと急いだ。

炭をおこしてスープをあたためる。そのかたわら、パンを切り、チーズと一緒に皿に盛った。

「お待たせ」

盆をテーブルに置くと、エルはバイオレットの瞳を軽く見張った。

「おいしそうだ」

うれしそうに言い、「いただきます」と手を合わせてスプーンを手にとる。

そしてスープの椀にスプーンを沈め……たところで、

「ちょっと待った！」

とユキはあわててストップをかけた。

「食事の前にはちゃんと感謝の言葉を言えよ」

エルはむっとしたようだ。

「ちゃんと言っただろう！　いただきますと！」

「省略しすぎ！　習わなかったのか？『この食卓の恵みを与えてくださった鳳王さまに感謝いたします。鳳王さまに栄えあれ』、ほら、手を合わせて言ってみろ」

エルは器用に片眉を跳ね上げ、口元を歪めてみせた。

「このスープを作ったのはおまえだろう」

「材料もおれだよ。この家の裏に畑があるんだ。自分で食べる分くらいはそこで作れる。パンは小麦買って、うちで挽いて焼いた。チーズも自家製だよ」

ふむ、とエルはうなずいて手を合わせた。

「この食卓の恵みを与えてくれたユキに感謝します。ユキに幸せと健康を」

「いやいやいやいや」

あきれ半分、照れ半分で笑ってしまいながら、ユキはエルの手を下ろさせた。

「おれにじゃない。鳳王さまに感謝するの！」

いいか？　と笑いを引っ込めて真顔でエルを見下ろす。

「いくらあんたが鳳王さまの召使いだか知り合いだかでも、無礼な態度はやめろよ。畑を作ったのがおれでも、料理をしたのがおれでも、そもそもこの天鳳界が清い状態で保たれていなかったら、作物は育たないんだ。まずは鳳王さまにきちんと感謝を捧げろ」

「…………」

エルは不満そうにユキと盆のあいだで視線を往復させた。

「ちゃんと鳳王さまに感謝できないなら、食わせない」

盆を取り上げるそぶりを見せると、「わかったわかった」とエルはユキの手を押さえた。

「やればいいんだろう、やれば」

いやそうに顔をしかめたまま、けれどエルは手を合わせた。

「……この食卓の恵みを与えてくださった鳳王さまとユキに感謝いたします。鳳王さまに栄えを、ユキに幸せと健康を」

「おれにはいいんだってば」

よけいな言葉がついてはいたが、とりあえず及第点だ。

「まったく、どうして……」

ぶつぶつと口の中で文句を言いつつ、エルは具だくさんのスープをすくうと口に運ぶ。

その目が無言で見開かれた。二口、三口と、スプーンが口と椀のあいだを往復する。

「……おいしい！」

興奮した様子でユキを見上げてくるエルの白い頬が紅潮していた。

「野菜が甘い！　どうして……こんなにおいしいんだ！」

素直な褒め言葉に、ユキは少し照れた。

「採れたての野菜を使ってるからだよ。味つけは塩だけでシンプルだけど、その分、旨味が出てるんだと思う」

「塩だけ？　それなのに、こんなに味が深くなるのか？」

不思議そうに言って、エルはまたスプーンを使いだすとあっという間に椀を空にした。

「……おいしかった……」

空になった椀を見つめてつぶやく。

「すごい……からだの芯からあったまるようだ……元気が出てくる……」

へへへと、ユキは照れ笑いで鼻の頭を掻いた。

「畑の土と湧き水の質もいいんだ。おれの作るスープは評判よくて、近所で病人が出ると分けてあげてる」

「なるほど。どんな病人もこれなら元気になるだろうな」

エルはしみじみと言って、何度もうなずく。

「おかわりは？」

「あるのか！」

「あるある」

今度は鍋ごとテーブルに運んで、残りをすべて椀についだ。

「パンも食べたら」

「いただこう」

いそいそと手を伸ばす様子を微笑ましく見やりながら、ユキはエルの向かいに腰を下ろした。

「パンもうまい！　おまえが小麦から挽いて焼いたと言ったな？」

「うん。昔からパンを焼くのはおれの仕事だったから」

「長くやっているからといって誰でもうまくできるわけではないだろう。おまえには料理の才能があるのだろうな」

エルはまっすぐにユキを見つめて、真顔でそう言う。とたんに恥ずかしくなるユキだ。

「お、おれのことはいいからさ！」

頰の火照りをこらえて、怖い顔を作る。

「あんただよ。なんで二度もこの果樹園で寝てんだよ。鳳王さまのことも知ってるし、着てるものだっていいものだろ？　なのになんでそんな、腹をすかせてたんだ」

エルはすぐには答えようとせず、澄ました顔でパンの最後の一切れを口にした。

「……パンも本当においしい。パンのおかわりはないのか？」

「あるよ。おれが作ったリンゴジャムもあるけど？」

「そんないいものがあるなら早く出せ」

おまえ、それがひとにものを頼む態度か。そう口にする代わりに、ユキはわざと険しく眉を寄せ、上目遣いにエルをにらんで立ち上がった。

　パンとジャムを用意して持ってくると、エルはいそいそと皿と瓶を手にとった。

「おお、やはり香りがいいな」

　リンゴジャムの瓶に鼻を近づけ、うれしそうだ。

「ちゃんと質問に答えろよ」

　ごまかされないぞとユキは目に力を込めた。

「なんで二度もここで寝てたんだ。なんでそんなに腹ペコだったんだ。そもそもあんたは何者なんだ」

　エルがジャムをたっぷりとのせたパンを頬張り、そのおいしさを嚙み締めるように目を閉じて咀嚼するあいだ、ユキは辛抱強く、答えを待った。

　二口目のためにジャムをすくおうとする手元から瓶を引く。

「質問に答えなきゃ、ジャムはもうやれない」

　しばしテーブルを挟んでにらみ合う。先に視線をそらしたのはエルのほうだ。

「……さっきも言ったが」

　しぶしぶ口を開く。

「この果樹園の匂いに惹かれたんだ。これもさっきも言ったが、ここのところ、食欲がなくてな。空腹でもどうもそれを感じられずにいたんだが……ここの匂いがとてもかぐわしく甘くて……先日はつい、無断で桃をいただいてしまった。それについては詫びる。すまなかった。寝てしまったのも、この果樹園の空気があまりに心地よかったからだ」

言われて改めて見てみると、エルの肌は透明感があるが、白すぎるようにも思えた。血色が悪いとまでは言わないが、生気に欠けているとは言える。

「……そうか。体調が悪かったんなら仕方ないな」

ひとつうなずき、ユキは「で?」と、また目に力を込めた。

「最後の質問。あんた、何者なんだ。鳳王さまのことをよく知ってるみたいだけど」

「……王宮に勤めている。仕事は……そうだな、鳳王を鳳王たらしめる仕事、かな」

よくわからない。

「えっと……つまり、鳳王さまの身の回りのお世話をしてるって……こと?」

「まあそういうことだ。着替えをさせたり、歯を磨かせたり、風呂に入れたり……」

「す、すごい！　エル、すごいひとなんだね！」

まさか本当にそんなにそば近く仕えているとは……。ユキは身を乗り出した。

「なあなあ！　鳳王さまのこと、教えてよ！　感心されるようなひとじゃないって言ってたけど、でもそれは……鳳王さまとしてのお務めが大変でさ、そのストレスの反動だったりするんじゃないの?　どんな方なんだ?　まだお若いんだろう?」

エルはこぶしを口に当ててこほんと咳払いをすると、「すまないが」と目を伏せた。

「鳳王、さま、のことはあまりぺらぺらと城外の者に話してはいけないことになっている」

「あ、そうか。そうだよな。鳳王さまのことだもんな」

天鳳界では浄化の霊力を持つ鳳王は特別な存在だ。供を従え、青い空をゆく純白の優美な鳳の姿を見たことがない者はいない。だが、鳳王は王宮の奥深くでしか、ひとの姿に戻らない。

「でも、いいなあ、エルは。鳳王さまとお話ししたりもできるんだろ？ すごいよなあ」

こほん！ エルはまた咳払いをする。

「まあ……なんだ。その……たまたま、そういう家に生まれたというだけで……」

あ、とユキは思い当たる。

「やっぱり……エルは貴族さま、なんだよな……？ おれがこんなふうに話してちゃ、いけないような身分の……」

恐る恐る確かめる。桃を勝手に食べて果樹園で寝こけていたのが出会いだったせいで、ついついぞんざいな口のきき方になってしまっているが、エルの容姿、品のある雰囲気、鳳王への発言などを考え合わせれば、身分のちがいは明らかだ。だが、

「いや」

すぐにエルは首を横に振った。

「俺は貴族というわけではない。大丈夫だ」

「ほ、ほんとに？」

ああ、とエルは大きくうなずく。

「俺の家は少し特殊で……だが、貴族というわけではない。だからこれまで通り、自然に接してくれ。俺もまた、気軽にこうして食事をよばれに来よう」

「いや、今日はあんたがおなかすいてたみたいだから、特別に……」

気軽にこれからも呼ぶつもりはないと釘を刺そうとしたが、

「もちろん、タダでとは言わん」

とさえぎられた。

「次には相応の金を支払わせてもらおう」

今度はユキが首を横に振る番だった。

「いらないよ、こんな普通の食事に金なんか。おれの分を少し分けるくらいのことだし」

「しかし……」

「いいって。あんたひとり分くらい」

まとまった数の果物を分けてほしいと言われたら、それはきちんと対価をもらわねばならないが、スープやパンはちがう。最初からひとに売ることを前提にして用意しているわけではないからだ。

強く言い返す。エルはまだ納得しきっていない顔だったが、この話はもう終わりのつもりで、ユキは立ち上がった。

「お茶飲むか？　この果樹園で育てたハーブを干して作ったお茶なんだけど……」

キッチンに向かう。スープをあたためた残りの炭で湯を沸かしてあった。

「カモミールとペパーミント、どっちがいい……」

尋ねようと振り返ったところで、さっきまでエルが座っていた椅子が空になっているのに気づく。

「え？　あれ？　エル？」

あわててキッチンから出て見回したが、奇妙な客の姿はもうどこにもなかった。


王宮に荷を納めに行ったバルクが興奮した面持ちで帰ってきたのは、その次の日のことだった。

「ユキ、ユキ！」

樽（たる）のような腹を揺すり、手押し車を押しながら、バルクは大声でユキを呼んだ。

「ここ、ここだよー」

イチゴの棚のあいだから、ユキは手を振ってみせた。手押し車を通路に止め、バルクが飛んでくる。

「すごい、すごいんだよ、ユキ！」

「お疲れさま。どうしたの」

バルクはいつもはとろんと重い目をいっぱいに開いてキラキラさせている。

「お城にね、マンゴーとリンゴを納めに行っただろ？　そしたら、なんと！　これまでの倍の値段で買ってくれたんだ！」

「倍⁉」

それはすごいが、なにかのまちがいではないのかと思う。

「それ、なにか計算まちがいなんじゃ……」

「うん。ぼくもそう思って聞いたんだ。そしたら、ここの果樹園の果物を鳳王さまがたいそうお褒めになって、倍の値段で買い上げるようにっておっしゃってくれたんだって！」

「え、え……鳳王さまが？　ほ、本当に⁉」

驚きあわてながらも、脳裏にエルの顔が浮かんだ。

鳳王のそば近く仕えているらしいエルがなにか口添えしてくれたのではないだろうか。

「ホントホント！」

バルクはこくこくとうなずく。もちろん、バルクがそんなタチの悪い冗談を言う男ではないのは知っている。

「おまけにね、これまで四日に一回だった納品も、できれば二日に一回にしてほしいって。

市場に出すものを減らして、なんとか都合をつけてもらえないかって！」

「それは……でも、出荷を増やして質を落とさなきゃいけないかもしれないのに、値段が倍って……」

「うん、それもね、これまでが安すぎたんだから、それでいいって言われたよ」

本当だとしたら、とてもありがたい話だ。

「じゃあこれからは、もっともっと丹精しておいしい実になるようにがんばらないと」

「うんうん。ぼくも手伝うよ！　鳳王さまに召し上がっていただけるっていうだけでもすごいのに、褒めていただけたなんて、ユキ、ほんとにすごいよ」

「バルクがこうして手伝ってくれてるからだよ」

ユキは心からそう言った。

ふと、バルクが空を見上げた。つられて上を見ると、今まさに話していた鳳王が貴鳥に守られて、純白の翼を広げ、浄化の金の粉をまきながら青い空をよぎるところだった。

「……最近、よくお見かけするよね……」

バルクのつぶやきに、ユキもうなずく。

少し前まで鳳王の姿を見かけると、今日は運がいいなどと思ったものだった。だが、ここ最近は毎日のように目にしている。

「街のひとたちが言ってた。人間界がよごれすぎて、瘴気がやばいって」

「うん」

それはユキ自身も感じていることだった。

「裏山からの湧き水が濁ってることが多くなってる。じっちゃんが作ってくれた濾過装置のおかげで、綺麗にしてから使えてるけど」

「鳳王さまも、大変なんだろうね……」

浄化の霊力を持つ鳳王がこれだけ頻繁に空をゆくのは、それだけ天鳳界がよごれてきているせいなのだろう。天鳳界の東の空には人間界とのゲートがあるが、そのゲートを行き来できるのは、強い霊力を持つ鳳王と一部の貴族だけだという。鳳王は天鳳界のみならず、そのゲートを通って、人間界の空をも浄化している。

それでもこんなに瘴気が来るなんて、どれほど人間界は穢れているのか——ユキはいたわしいような思いで遠く消えていく鳳王を見送る。

「あの鳳王さまに召し上がっていただけるんだから、ほんとにがんばらなきゃ」

自分の作った果物で、少しでも鳳王さまが元気になってくださるなら……。

ユキは改めて「がんばらなきゃ」と心に誓う。

三度目にエルがやってきたのは、その二日後だった。

ユキが果樹園の仕事を早めに切り上げようと片づけを始めたところに、ふらりと現れたのだ。

「この前のスープとパンとジャムが忘れられなくてな」

と最初から食事をねだられる。

「……ほんとに来たのか……」

「おまえはいらないと言ったが」

エルは首元の紐をたぐった。ブラウスの下から小さな革袋が出てくる。

「今日はきちんとお代を払おう」

革袋がちゃりりんと鳴る。どうやら本当にコインを用意してきたらしい。

鳥姿になっても落とさないように首にかけているところを想像して、ユキは微笑ましい気持ちになった。とはいえ、代金をもらう気はない。

「金はいらないって言っただろ。あ、そうだ」

いいことを思いついた。

「食事代の代わりに、作るのを手伝うっていうのはどう？　そのほうがおれもありがたいし」

「作るのを手伝う？」

エルの目が丸くなる。

「かんたんなことだけだから。自分で作るとなおのことおいしいよ？」

「……わかった。やってみよう」

重々しくうなずくエルに、「本当にかんたんだってば」と笑う。

が……。

「ちぎれた」

「つぶれた」

「どこかに飛んだ」

さやを開いて、豆をボウルにとる、という「かんたん」な作業も、ひとによってはむずかしいものになるのだとユキは思い知ることになった。

エルの長く形のよい指の先で、ひよこ豆のさやはちぎれ、つぶれ、やっと無事に開かれたと思ったら、今度は豆があちらこちらにはねて飛んだ。

「……エル、もしかして不器用？」

不器用という言葉にエルはむっとしたようだ。

「こういう作業に慣れていないだけだ！　コツさえ掴めば……」

「じゃあ、ゆっくりでいいからがんばって」

背を向けて目の端で見ると、エルはひどく真剣な顔で、ぷっくりしたひよこ豆のさやと格闘している。その様子が微笑ましくておかしくて、思わず小さく噴き出してしまった。

エルが「なにを笑う」と顔を上げる。

「ごめんごめん」

笑いながらユキはあやまった。

「エル、そんなにカッコいいのに、豆むきに苦労してるんだなと思ったら、おかしくて」

「……俺はカッコいいか？」

「うん。とても綺麗だけど、なよなよしたところは全然ないし、背が高くてからだもしっかりしてるから、カッコいいって言いたくなるよ」

「そうか。俺はおまえの目から見て、カッコいいか」

「まあ、おれじゃなくてもエルはカッコよく見えると思うけど。言っとくけど、外見の話だからね？」

「なぜ外見に限定する」

眉をひそめて抗議されて、また笑ってしまう。

「勝手に果樹園のものを食べてうたた寝してたくせに、なに言ってんの」

「あまりにかぐわしい香りだったからな」

エルは仕方ないだろうと言わんばかりだ。

「はいはい。ほら、手が止まってるよ。塩ゆでにしたらおいしいから、がんばって」

軽口を叩(たた)き合いながら夕飯の支度を進めた。

その日の夕飯はエルがむいた（いく粒かはキッチンの床に落ちたまま見つからなかったが）ひよこ豆の塩ゆでと、ニシンの燻製(くんせい)、酢漬けのオリーブ、じゃがいもにキャベツ、玉

ねぎ、にんじんがたっぷり入ったスープ、パン、そしてイチゴジャムにチーズという献立になった。最後に湯気の立つスープを「どうぞ」とテーブルに置く。

並んだ皿に、

「おいしそうだ！」

と、エルは一瞬、目を輝かせたが、すぐに「だが」と眉をくもらせた。

「スープとパンはこの前も食べさせてもらったから大丈夫だが、ほかのものは……」

「え、豆とかニシン、嫌いだった？」

ならほかのものを用意しようかと、ユキは椅子から腰を浮かせかける。

「いや！　嫌いというわけではない。嫌いではなく……その、このところ疲れが溜まっていてな。あまり、魚などはほしくないのだ」

ユキ自身は疲れで食欲が落ちたことはないが、熱を出したあとなどに、喉越し（のどごし）のいいものしか受けつけなくなったことはある。

「そっか……。じゃあ一口ずつだけ、味見してみるのは？　それもいや？」

「一口ずつなら……」

生真面目な表情でうなずいて、エルは両手を合わせた。ちらりとユキの顔を見てから、鳳王とユキへの感謝の言葉を口にする。「よし」とユキがうなずくと、添えてあるトングでニシンとひよこ豆、オリーブを自分の皿にとった。

綺麗な手つきで、まずはひよこ豆をフォークで口に運ぶ。

「！」

「どう？　自分でむいた豆だとおいしくない？」

「……採りたてだからか？　柔らかくて、甘い。これならいくらでも入るぞ！」

「よかった。ニシンはどう？」

天鳳界ではほとんどの者は肉を必要としない。代わりによく食べられるのが魚と乳製品と豆だ。

エルがナイフとフォークでニシンの切り身をさらに小さく切る。

恐る恐るニシンを口にしたエルの顔が輝いた。

「……これは……これなら……！」

残りは一口で食べた。

「香りがいい！　塩加減も絶妙だ！」

へへ、とユキは照れ笑いを漏らす。

「そりゃそうだよ。新鮮なのを選んで買ってきて、塩をまぶして一夜干しにしたのをチェリーの枝で燻したんだから」

エルの目がこぼれんばかりに見開かれた。

「なんだと？　これもおまえが作ったのか！」

「魚の骨やアラはいい肥料になるしね。オリーブももちろん、うちで採れたやつだよ」

そう言うと、エルは今度はオリーブにフォークを伸ばした。

ゆっくり咀嚼し、大きくうなずく。

「……どれも、とてもおいしい」

とても大切なことを告げる口調だった。お世辞や社交辞令ではないのが伝わってくる。

「よかった。いっぱい食べてよ」

ユキも心からそう言った。

それからエルは何度も大皿から自分の皿へと料理を取り分け、ニシンもひよこ豆もオリーブもたくさん食べた。スープもパンもチーズもおかわりした。

「素晴らしい食事だった」

すべての皿を空にしてから、エルは満足げにナイフとフォークを置いた。

「こんなに食べたのも、食事を楽しいと感じたのも久しぶりだ」

「そう言ってもらえるとうれしいよ。……どうかした?」

テーブル越しにまじまじと見つめられ、ユキは小首をかしげた。

「……おまえに感謝を伝えたいのだが……どうすればいいだろう?」

「そんな」

ユキは笑って手を振った。

「もう十分、伝わってるよ。大丈夫」

おいしそうに食べる表情や言葉で、エルがこの素朴な食事をどれだけ喜んでくれたのか、もうわかっている。

だが、エルはそれでは足りないと言わんばかりに、ユキに手を差し出してきた。握手を求めているらしい。

「そんな……」

とまどいつつも右手を差し出すと、両手でぎゅっと握られる。

「本当においしい食事だった。感謝する」

「どういたしまして」

これですんだとユキは思ったが、エルの顔はなぜだか晴れない。

「……本当においしかったのだ。手を握るだけでは俺の喜びは伝わっていない気がする」

「そんなことないよ。十分、伝わったよ？」

そう言ったのに、エルは首をひねりながら立ち上がった。テーブルを回り込んでくる。

「……ん」

両腕を広げて、かたわらに立たれる。

「え、え？」

エルの意図がわからず、とりあえずうながされるまま立ち上がる。と、正面からぎゅっと一瞬、抱き締められた。

「……おまえの料理は俺に元気をくれた。おいしい食事、心から感謝する」

大袈裟だと笑う気にはなれない、真摯な声音だった。

そしてエルは腕をゆるめると、ユキを見つめてふわりと笑った。

「よいものだな。感謝を伝えるというのは。とても心地がよいぞ」

低いけれど、なめらかで響きのいい声。そして間近から見ても水際だっている、彫刻めいた美貌。バイオレットの瞳はきらめいていて、本当にうれしそうだ。——そんな声で、そんな顔で、そんなことを言われたせいか、ユキも急に顔が火照ってきた。

「よ、喜んでもらえて、おれもうれしいよ。よかった！」

何度もこくこくとうなずいて返して、

「あ……しょ、食後のお茶を持ってくるよ！」

自分を見下ろすバイオレットの瞳からばたばたと逃れて、ユキはキッチンに駆け込んだ。


ユキの日常はいそがしいものになった。

王宮への納品が四日に一度から二日に一度になり、単純に仕事が増えたのがひとつ。バルクに手伝いに来てもらう日も増やさなければならなかった。そこにエルが三日とあげず姿を見せるようになったのがふたつ目だ。

エルはなぜだかいつも腹をすかせていて、熟れ頃の果物やユキの作った素朴な料理をとても喜ぶ。「おいしい、おいしい」と食べる様子に、ついつい、作り置きを多くしてしまうユキだ。

（なんだか……すごくなつかれちゃってるなあ）

いつの間にか、ふところ深く受け入れている。そんな自分に気づいて、ユキは一人で苦笑する。エルが二日も顔を見せないと、どうしたのだろう、ちゃんと食べているだろうかと気になるほどだった。

とはいえ、エルには謎が多かった。

神出鬼没というのだろうか。なんの前触れもなく木の陰からひょっこり姿を見せたかと思えば、さっきまで食事をしていたはずなのに、テーブルから消えていたりする。名前のほか、知っているのは鳳王に仕えているということと、料理の下ごしらえは不慣れだということ……。

なのに、ユキはいつしかエルの訪れを心待ちにするようになっていた。

来ればかんたんな下ごしらえを手伝ってもらい、ふたりでテーブルにつく。

「おまえの果物や料理は本当においしい。おまけに元気になるぞ」

美しい顔が崩れるほど頬いっぱいに食べ物を詰めて、むしゃむしゃと咀嚼する。ユキの出すものを心から喜んでくれているのが伝わってくる。

そして、食後は「感謝の抱擁」だ。

だが、それは……。

「……エル、エル」

ユキがぽんぽんと背中を叩いても、エルの腕はゆるまない。

エルが美形すぎるせいか、それともすっぽり包まれるような体格差のせいか、エルに抱き締められるとユキはドキドキしてきてしまって落ち着かないのだが。なのに——。

「もう……」

「いや、まだだ。まだ感謝が伝わりきっていない」

エルの「感謝の抱擁」は力加減も、時間も、回を重ねるごとに増していた。ぎゅうっときつく、からだが密着するほどに抱き締められ、髪越しにエルの吐息を感じる。

エルは感謝を伝えれば伝えるだけ、気分がよくなるのだと主張するが、これはなにかおかしくないか……。

「もう十分、十分伝わってるから、感謝」

前回はそう言ったら放してくれたが、今日は、

「なにか用があるのか」

質問が来た。新しい展開だ。

「用はないけど」

「ならあわてることはあるまい」

そう言われてもどんどん落ち着かない気分になってきて、ユキは少し強引に身を離した。

エルは腕をほどかれたのが気に入らないのか、腕を広げたまま、むっとした顔だ。

「用はないと言っただろう」

「用はないけど、後片づけもしたいし、やることはいろいろあるよ」

皿を重ねながら、ユキはまだむすっとしているエルを振り返る。

「エル、いつもこんなにひとをぎゅっと抱き締めるの？」

エルはその問いに少し考える素振りを見せた。

「……いや？　言われてみれば、ほかの者にこんなふうに感謝を伝えたことはないな」

「そっか。ならいいけど、エル、気をつけないと相手に誤解されちゃうよ？」

「誤解？」

うん、とユキはうなずく。

「感謝を伝えるなら一瞬で十分なんだ。こんなふうに長々と抱き締めるとか、なにか特別な感情があるみたいに思われちゃうよ。恋人同士じゃないんだから気をつけないと」

不満があるのか、エルが眉間にしわを寄せた。

「そういうものなのか」

「そういうものだよ」

「恋人同士ならいいのか？」

「そりゃあね」

エルの眉間のしわが深くなった。胸のあたりを押さえる。

「……なんだ？　このあたりがもやもやするが……」

独りごちて、眉間にしわを寄せたまま、エルはユキを見つめてきた。

「……おまえは……その、いるのか？　こんなふうに抱き締めてくる相手が」

「いないよ、そんな相手」

「それはおまえには恋人がいないという意味か」

「果樹園の仕事がいそがしいから」

本当は自分が黒鳥だとばれては困るからだ。恋人同士が朝焼けや夕焼けの空を翼を広げて滑空するのは定番のデート様式だ。

「エルは？　恋人はいないの？」

自分のことはあまり探られたくなくて、ユキはエルに尋ねた。

エルはすぐに「いないな」と首を横に振る。即答だった。

「へえ……」

身分も高そうだし、容姿だってこんなに水際だって素敵なのに。でも性格には少々、難

ありだけど……と失礼なことを考える。その失礼な考えが顔に出たのか、

「俺には大事に想わねばならん相手がいるからな。軽挙妄動はつつしまねばならんのだ」

と、エルはむっとしたように言う。

(大事に想わねばならん相手)

とん、と胸を軽く突かれて、遠ざけられたような気がした。ひとに無意識に近づいていたのを避けられた時のような、寂しさにも似た感覚に襲われる。

「そ、そうなんだ」

いや、こんなことでショックを受けるのはおかしいだろう。ユキは平静を装って、意外そうに目を丸くしてみせた。

「それは許嫁とか?」

エルは貴族ではなくとも鳳王に仕えている。身分が高ければ高いだけ、しがらみがあるのかもしれない。そう思って尋ねたが、エルは首を横に振った。

その顔に暗い影がさす。——これまで見たことがない、つらそうな表情だ。

「いや、許嫁ではない。出会えるかどうかはわからないが、もしも出会えたら、できうる限り大事にせねばならない……俺が愛すべき相手だ」

「愛すべきって……誰かを好きになるって、義務感ですることじゃないような気がするけど」

なにか事情がありそうだが、エルの話に違和感をおぼえてユキは小首をかしげた。

「うむ……」

エルもむずかしい顔でうなずく。

「自然に好意を持つことができれば、それが一番だと思うが……」

「でも、その相手と出会えるかどうかはわからないんだ?」

「うむ」

深刻そうな表情のまま、エルはまたうなずいた。

「運よく複数と出会える者もあれば、いくら望んでも出会えぬ場合もあるらしい」

「複数って……」

鳥人はこのひとと決めた伴侶と生涯連れ添う者が多い。なにかの事情で別れねばならないことはあるが、同時に複数の相手を持つ行為は忌み嫌われている。

ユキが引いたのを感じ取ったのか、エルが急いで手を振った。

「お、俺はちがうぞ！　俺は最初のひとりを大事にすると決めている！」

また、軽く胸をとんと押しやられたような気がした。

「そっか……じゃあなおさら、おれなんかを長々と抱き締めてちゃダメだよ」

自然に笑えているだろうか。ユキはうつむいて皿を持ち上げた。キッチンへと運ぶ。

もうこれでこの話は終わりのつもりだったのに、

「なぜだ」

キッチンまでエルが追いかけてきた。

「感謝を伝えるためだぞ！　挨拶のようなものではないか！」

「そうだけど……」

洗い桶に皿を入れて、テーブルを拭きに戻ろうとすると、真後ろにエルがいた。ぶつかりそうになる。

至近距離で見下ろされた。

「おまえだって俺が感謝を伝えたいからだとわかっているだろう。どこに問題がある……」

言いかけて、エルはなぜだか言葉を切った。無言で見つめてくる、その瞳の奥が揺れている。自分の中に芽生えたものにとまどっているような、困っているような……どこか熱っぽいその瞳を見つめていると、心拍が速くなってくる。ユキはすっと視線をそらした。

「……問題だらけだよ」

ユキは肩をすくめてみせて、エルの横をすり抜ける。

「でもエルには、出会ったら大事にしなきゃいけない相手がいるんだろ？　だったらそのひとのためにも、少し気をつけたほうがいいよ」

「………」

エルは黙り込んで、もう追いかけてはこなかった。

そんな会話があってから四日、エルは姿を見せなかった。こんなにあいだがあくのは初めてだ。

（どうしたんだろう）

感謝の抱擁が長すぎると釘を刺した。もしかしてそのせいだろうか。

果樹の世話をしていても、魚や野菜を仕込んだりしていても、考えるのはエルのことばかりだった。

（いや、だって、大事にしなきゃいけない、好きになるって決めてる相手がいるんなら、そんなおれなんか抱き締めてちゃダメだろ。でも、エルが言うように挨拶と同じなのに、逆に意識しすぎてたおれがいけないのかも）

答えのない疑問にひとり悶々とした。

（それともからだの具合が悪いとか）

王宮ではあまり食べられないようなことを言っていた。

ちゃんと食べているだろうか。王宮に行くのは気が進まないが、一度思い切って行ってみようか。「鳳王さまに仕えているエルに会いたい」で通じるだろうか。いや、もう一日だけ様子を見てからにしたほうが……。ユキがそんなふうに悩んでいた五日目になって、ようやくエルが姿を見せた。もう日も暮れようとする頃合いだった。

作業場でオレンジを選別していたユキは長い影が伸びてきたのに気づいて顔を上げた。

「エル！」

「その……少しばかり久しぶりだな。元気だったか」

「それはこっちのセリフだよ！　ちゃんと食べてた？」

「……食欲があまりなくてな……」

「もう、そんなことばっかり言って……」

エルが歩み寄ってきて、その顔の青白さにユキは思わず息を飲んだ。

逆光だったせいで最初はわからなかったが、エルの顔は白いのを通り越して青い。頬も削げ、からだの線も細くなってしまっている。

「エル……なんか少し痩せたみたい……」

ユキの言葉に、エルは居心地悪そうに視線をそらした。

「……エル、まさか、ここに来た時しか食事してないってことはないよね？」

嘘を言ってもわかるぞと、じっとエルを上目遣いで見つめた。

エルは目をそむけたまま、黙り込んで答えない。

「王宮で暮らしてるんだろ？　食事も出るよな？　食べてないのか？　ちゃんと食べてた

ら、こんなにやつれないよな？」

矢継ぎ早に畳みかけると、エルはこほんと咳払いした。

「仕方ないだろう」

開き直ったのか、やっと顔がこちらに向く。

「王宮での食事は……なんと言うか、味気ないのだ」

「味気ない……」

ひどい言いようだ。

「お、王宮なら、ちゃんと料理人さんが料理してるだろう？　そんな、味気ないとかなんとかわがまま言ってないで……」

エルは深刻そうに眉を寄せると首を振った。

「料理というのは、作る人の技術と気持ちが大切だ。あとは道具の問題もあるだろう。王宮の料理人たちも技術と気持ちは十分だし、道具も一流だ。しかし、素材の良し悪しはいかんともしがたい。おまえが作ってくれる食事に慣れてしまうと、とても食べられたものではない」

「おれの料理を褒めてくれるのはうれしいけど……でも、ちゃんと仕事場でも食事しないと！　ここで食べるだけじゃ絶対足りないよ」

「それはわかっている」

しかつめらしくうなずき、エルは溜息をついた。

「せめておまえの顔を見ながら食事ができれば、少しは食欲も湧くかもしれないが……」

「なにを言って……」

あきれ半分、妙なくすぐったさが半分で、ユキはどんな顔をすればいいかわからない。

「この果樹園の仕事があるのはわかっている。だから、そうだな。数日に一度でいい。城に来られないか。うむ。おまえがいれば食事も喉を通りそうな気がするぞ。食卓の雰囲気というのもないがしろにはできんからな。そうだ！　おまえが育てた野菜でおまえが作った料理ならなおいい！　王宮の調理場を使って食事を作ってくれないか！」

名案だと顔を輝かせるエルに、今度はユキが溜息をついた。なにをかんたんに言っているんだか……。

愛すべき相手がいるんだろ、と言いたかったが、顔を見せて食事を作ってほしいと望まれているだけで、別に恋愛は関係ない。それはこちらの自意識過剰、気の回しすぎというものだろう。しかし――。

ユキは膝に手をついて立ち上がった。爽やかな香りを振りまくオレンジをひとつ、エルに向かって投げる。

「おれもちょうど夕飯なんだ。一緒に食べよう。急いで支度するけど、とりあえずそれ食べてて。皮が手でむけるから」

「オレンジはありがたいが、今の話は……」

エルは早速にオレンジをむき始めながら、作業場を出て家へと向かうユキのあとをついてくる。

「おれが王宮で勤められるわけ、ないだろ」

家のドアを開けて、ふたりして家に入る。ユキはすぐにキッチンへ向かった。

「なぜだ。毎日とは言わん。果樹園の仕事の合間に、少しだけ……」

「かんたんに言うけど、エルの食事を作るためだけに王宮に雇ってもらうなんて無理だよ」

かまどの火をおこしながら、ユキは肩をすくめた。

「いや、それは侍従長になんとか話を……」

「職権乱用って言うんだよ、そういうの」

立ち上がって振り返り、ぴしゃりと言う。エルは不満そうに唇を歪めた。

「乱用できる職権があるなら乱用すればよかろう」

「あのなあ!」

「冗談に決まっているだろう。なにを怒っている」

器用に、エルが片眉を跳ね上げる。

「冗談でもダメだよ。エルは一応、鳳王さまのおそば近くに仕えてるんだろう？　それはおれたちみたいな庶民からしたら、すごい名誉なことなんだ。エルが職権乱用できるならすればいいとか迂闊(うかつ)なことを言えば、鳳王さまにまで迷惑がかかるかもしれないんだぞ」

「二言目には鳳王、鳳王と……」

「なにか言った？」

きつい口調でエルのぼやきをさえぎると、エルが綺麗な顔をつんと横に向けた。

「なにも言ってない」

すねた様子にユキは苦笑混じりに小さく吐息をついた。

「おれを王宮にって気持ちはありがたいけど」

少しばかりトーンをやわらげてエルを見る。

「おれに王宮仕えは無理だよ。……苦手なんだ」

エルが「なにが苦手だ？」という視線を向けてくる。

「……王宮には兵隊さんがたくさんいるだろ？　おれ……苦手なんだ、兵隊さんたち。だから王宮への納品も友達に頼んでる」

兵士が苦手だと打ち明けたユキの言葉が意外だったのか、エルが目を見張った。どうして？　と理由を尋ねられる前に、

「代わりにさ」

ユキは急いで言い足した。

「パンとかジャムを持って帰るのはどう？　酢漬けのオリーブやニシンの燻製も瓶詰めにして」

「それはありがたいが、なぜ……」

エルが言いかけたところで、かまどにかけておいた鍋がふつふつと煮立ちだした。

助かった。

「スープあたたまったよ。持っていって。あ、食べててもいいけど、ちゃんと鳳王さまに感謝を捧げてからだぞ」

椀を渡しながら声をかける。エルはまだなにか言いたそうにしつつも部屋に戻っていく。

ユキの料理をそこまで気に入ってくれているのだろうが、王宮に来いと言い出されるとは思っていなかった。

（なんてことを言い出すんだろう）

自分の顔を見ながらだったら、食事が進むかもしれないと言われた。王宮の調理場を使って料理を作ってほしいと言われた。——胸の奥を幼鳥のふわふわの柔毛でくすぐられているようだった。顔が勝手にゆるんでしまう。

鼻歌が出た。

「……『赤い花が咲いたら、髪に飾りましょ』」

パンとチーズを皿に載せ、魚を焼く。果物をヨーグルトであえたサラダも用意しつつ、ユキは口ずさむ。

「『黄色い花が咲いたら、胸に飾りましょ。白い花は指輪にしてあなたに贈りましょ』」

盆を手に、小声で歌いながら部屋に入っていくと、

「その歌……」

エルが不思議そうに見つめてきた。

「ああ、かあさんが作った歌なんだ。だから曲名もなにもなくて」

「……母上が？」

「うん」

テーブルにふたり分の食事を並べて、

「『花が咲いたら、花が咲いたら』」

と、もうワンフレーズ口ずさむ。エルと向き合って、テーブルについた。

フォークを手にとる前に両手を組み合わせ、鳳王への感謝をつぶやく。

「……よし！　いただきます。エルも食べろよ。冷めちゃうぞ」

うながされてエルはフォークを手にしたが、その顔は物問いたげだ。

「母上は……歌が得意だったのか」

ユキはえへへと笑った。母のことはあまりひとに話したことはない。

「うん。すごく歌と踊りが好きだったし、うまかったよ。歌を作るのも得意でさ。子供が

好きな可愛い歌からせつない感じの歌まで、たくさん作って歌ってくれてたんだ」

「……ロアの民は……歌と踊りが得意だと聞くが……」

遠慮がちにそう言われた。口調は控え目で問いかけの形でもなかったが、エルのバイオレットの瞳は答えを求めてユキを見つめてくる。宝石のように美しい瞳でじっと見つめられると、隠しごとをしていてはいけないような気がしてくる。――自分の鳥姿が黒一色だということはさすがに明かせないけれど。

「小さい頃は、おれとかあさんはみんなと旅から旅の暮らしをしてたよ。おれ、ほんとはロアの民なんだ」

ユキは素直に素性を明かした。

流浪の民とも呼ばれるロアの民は家を持たない。幌をかけた荷車をロバに引かせて、歌や踊りを披露して日銭を稼ぎながら、旅から旅、街から街へと渡り歩く。定住している街の者の中には「街の風紀が乱れる」とか「病気を持ってくる」と、ロアの民を嫌う者もあった。ロアの民は恋に奔放なことでも知られていて、恋人時代から一夫一婦を忠実に守る者が多い天鳳界では異質な存在なせいもある。

だが、エルの瞳も表情も、ユキの告白に微塵の動揺も見せなかった。

「そうか。この言い方は失礼かもしれないが、おまえの肌や髪の様子は南の地方のものではないのかと思っていた」

ロアの民に多い褐色を帯びた肌と黒い髪は、南部生まれの者の特徴だ。鳥姿になった時には逆に色鮮やかな羽とくちばしとなる者が多い。

「ロアの民は定住を嫌うと聞くが……ネルジェス爺ももとはロアの民だったのか?」

問いにユキは首を横に振った。

「おれとじっちゃん、血はつながってないんだ。……かあさんがケガして困ってる時に、じっちゃんがおれとかあさんを拾ってくれて……。でも、最初は落ち着かなかったよ。ここに来たのはおれが六歳の時だったけど、季節が変わっても同じ場所にいるのが、なんか変な感じでさ。こんな壁とか屋根があるのも窮屈っていうか、息が詰まるみたいで」

「今はいくつだ」

「二十三。もう十七年になるけど、かあさんの血かなあ。時々むしょうに旅に出たくなるんだ」

改めて思い返せば不思議な感じだった。物心ついた頃からひとつところに留まったことがなかったのに、果樹園を守ってもうずっと定住しているなんて。

「こんなに長くなるとは最初はホントに思ってなかったんだ。けど、じっちゃんが、おれは『緑の手』を持ってるって言って……」

「ああ、植物をよく育てる手のことだな」

「そうそう。それまでどこかに定住したこともないし、作物を育てるなんてこともしたことがなかったんだけど、なんかさ……教えられてやってみたら、すごく楽しくて」

「向いていたんだろう」

なるほどとエルはうなずく。

「三年前にじっちゃんが亡くなって、その時に、じっちゃんの代わりにこの果樹園を守ってほしいって言われてさ。さんざん世話になってんのに、ことわれないだろ」

「ネルジェス爺も、この果樹園の木々も、おまえが継いでくれて喜んでいるだろうな」

「だといいけど」

「さっき母上がケガをして困っていた時と言っていたな。兵士が苦手だというのも、もしや……その話と関係があるのか」

避けた話題が戻ってきた。あんたには関係ないと突っぱねることもできるが、そこまで隠しておかねばならない話でもない。

食べながら話すことにした。

「……かあさんのケガもだけど……おれ、兵隊に友達をとられたんだ」

「聞かせてほしい」

真摯な声音に、ユキは記憶をたぐった。

ロアの民は一緒に旅する仲間を「おれのグループ」と呼ぶ。グループは通常三、四家族が集まっていて、赤ん坊がいることもあれば、老人がいることもある。

ユキと母のグループにはユキと年の近い子供がほかにはおらず、もう大人に近いような「にいちゃん」「ねえちゃん」はなかなかユキの相手をしてくれなかった。

だからその日もユキは野営した川のそばでひとりで遊んでいた。とはいえ、浅瀬にかんたんな罠を仕掛けて魚を捕るのはユキの仕事でもあったけれど。

「ぴー‼」

細く高い悲鳴のような声が聞こえてきて、ユキは顔を上げた。なにか丸っこいものが、近くの茂みにぽすりと落ちる。

なんだろうと見に行くと、

「ぴゃ、ぴゃっ」

小さな鳥が小枝に羽と脚を引っかけてもがいていた。くすんだ灰色のぱさついた羽に、短い翼、ぽってりしたおなかの、お世辞にも可愛いとは言えない幼鳥だった。

「あばれないで。今、とってあげるよ」

ロアの民は幼い時から刃物と火の使い方を仕込まれる。ユキは腰のベルトに挟んであったナイフで、翼と脚に絡む小枝を切ってやった。

「ぴゃう!」

地面にぽとんと落ちた鳥はしばらくもがいて、ひとの姿になった。ユキより一回り小さい子供は鳥姿でもバランスが悪かったが、ひとの姿ではなおさらだった。

ぽっちゃりしていて、手足は短い。灰色の髪は短くてぼさぼさで、顔も真ん丸だ。頬はつついたら弾けてしまうのではないかと思うほどに張っている。血色はいいが、目も鼻も肉に埋もれているように見えた。身に着けているのが丈の短いシャツとパンツに短いブーツだけというのも、その子供をいっそう貧相な印象にしていた。

「痛いだろ！　そっと下ろせ！」

その子は助けたユキに向かって短い腕を振り上げた。

「ひとに助けてもらったら、『ありがとう』だよ?」

心から不思議でユキは小首をかしげた。その子はぐっと詰まったような顔をしてから、

「あ、ありがと……」

とくやしそうにつぶやいた。

「えっと、きみのおかあさんはどこ?」

「かあさまは……おうちにいる」

「じゃあ、きみのおうちはどこ?」

「おうちはない」

「え、でもだって、今……」

「おうちはない」

その子は繰り返し、立ち上がると、でんと足を踏ん張り、小さなこぶしを突き上げた。

「ぼくは自由だ！　ぼくには家も親もない！　ひとりで生きていけることをしょーめーするんだ！」

「じゃあおれたちと同じなのかな。きみもロアの民なの？」

「ろあの……？」

肉に埋もれた重く細い目を、その子が見開く。

「おれたちはロアの民。旅から旅の流浪の民。家もなく、親もなく、すべてから自由な民」

正直、当時六歳だったユキに、その言葉の本当の意味はわかっていなかった。大人たちが野営の焚火(たきび)を囲み、高らかにそう叫ぶのを何度も聞いただけだ。

しかし、その子の目はユキの言葉にキラキラと輝きだした。

「カ、カッコいいな！　そなた、名はなんという！」

「おれはチビ」

天鳳界では柔毛がすっかり抜けて成鳥の羽に変わるまで、本名では呼ばれない。ユキはその頃、グループの中でチビと呼ばれていた。

「ぼ……おれはオージだ！」

「オージ。かあさんに言って服を出してもらおう。来て」

川岸から少し上がったところに、グループは宿営地を設けていた。その一番端の天幕がユキと母の場所だった。

「かあさん」

ユキは天幕の前でパンをこねていた母に声をかけた。

「この子、オージっていうの。おうちがないんだって」

「ああ?」

母は形のよい眉を跳ね上げた。

「うちがないってなんだ。迷子か」

「迷子ではない。ぼ……おれは自分のイシで自由になったのだ」

えっへんとオージが胸を張る。

「鳥姿になって落ちてきたから服がないんだ。おれの服、貸してあげていい?」

「ついでになにか食べるものはないか。ケーキでいいぞ」

「ああん?」

ユキの母は今度はぎゅっと眉を寄せてオージをまじまじと見つめた。

「オージ、おまえ、家がないって言ったな?」

オージがうなずくと、母はオージの耳をぎゅっと上に引っ張った。

「家もない、親もいない子供が、えらっそうにするんじゃないよ。ひとにものを頼むなら、相応の態度をおぼえな！」

「か、かあさん！」

行儀にはうるさい母だったが、ユキはあわててふたりのあいだに割って入った。

「オージはまだ小さいし……」

「小さくはない！」

かばおうとしたのに、オージが口を尖らせる。

「今年で八つになるぞ！」

「え！　じゃあおれより二こも上なんだ」

びっくりした。背もユキより低いぐらいで、てっきり下だと思っていたのに。

「八つか。なら、なおのことだ。食べるものぐらい、自分でなんとかしな」

言いおいて母は天幕に入ると、ユキの服をばさりと投げた。

「服は貸してやる」

オージは投げられた服を一瞥すると、キッとユキの母をにらみ上げた。

「無礼であろう！　着るものを投げるなど！」

「気に入らないならそのかっこうのままでいるんだね」

「ぐぅ……」

くやしそうに呻くと、オージは落ちた服に手を伸ばした。しぶしぶ拾う。

「じゃあオージ、川に魚を捕りに行こう」

オージが服を着るのを待って、ユキはそう声をかけた。

「川に、魚？」

「さっき罠を仕掛けたから、かかってるかも」

「罠！」

いちいち目を丸くするオージを連れて川へと戻る。

「そなたの母は、ぼ、おれがよその子だから、あんなに怒ったのか」

その途中、オージにそう聞かれた。

「ううん。かあさんはおれにも同じように怒るよ？」

「なんと」

オージの細い目が丸くなった。

「母というのは子を褒めて、大事にするものだろう！」

「大事にしてくれてるよ？　でも、悪いことや危ないことをするとすごく怒る。怒るのは、それが大事なことだからだよ」

「……ぼくは母上に叱られたことがない……」

オージはうつむいてつぶやいた。

「そうか。優しいおかあさんなんだね」

単純にユキはそう相槌を打ったが、オージはなにごとか考え込んで、川岸に着くまで無言だった。

「ここだよ」

岩からちょうど流れが落ちるところに仕掛けた罠へとオージを案内する。すでに川魚が数尾、かかっていた。

白い腹を見せて跳ねる魚にオージは歓声を上げた。

「すごい！　すごいな！」

「こうやって岸に上げるんだ」

水の中から川魚を摑み、用意していった魚籠に入れる。オージも目を輝かせて川の流れに手を入れたが、不慣れなオージの手の中で魚は細い銀色のからだをくねらせると、ぽしゃんと流れに落ちて逃げてしまった。

「あああ……」

「魚はぬるぬるしてるから、尻尾のほうをこう、ぎゅっと摑んで、魚籠に入れるの」

オージは今度は慎重に魚を摑み、両手でなんとか魚籠へと入れた。

「入った！」

「うん、上手上手」

川魚を魚籠に入れて天幕に戻るあいだ、オージはユキの前になり、後ろになり、しゃべり続けていた。

「すごい！　魚が海や川で捕れるのは知っていたが、本当だったんだな！」

「あの罠はチビが作ったのか？　すごいな！」

「その魚、どうやって食べるんだ？」

天幕に帰り、魚を鉄串に刺して焚火の周りに立てる時も、オージは「すごい」を連発していた。鍋からパンを出した時にも、

「パンはこんなふうにできるのか！」

と目を丸くしていた。

その夜、ユキは天幕の中の狭い寝床でオージと肩を寄せ合って横になった。

「チビはホントにすごいなあ」

オージにはなにもかもが鮮烈な経験だったらしい。興奮してなかなか寝つけぬらしく、そこでもオージはすごいと繰り返した。

「牛乳からバターやチーズを作ったことある？」

少しばかり得意になって、ユキは尋ねた。オージは枕(まくら)の上でぶんぶんと首を振った。

「じゃあ今度、作り方を教えてあげるよ。パンのこね方も」

「チビはぼく……おれより年下なのに、なんでもできるんだな」

「ロアの民なら当たり前だよ」

「……ぼくは、ぼくがすごいと思ってた」

しみじみとした口調だった。

「強いし、なんでもできるって。……でも、全然ちがった」

ユキは天幕に下がる小さなランプの明かりの中、できたばかりの友の横顔を見つめた。

鳥姿のオージはお世辞にもカッコいいとは言えず、同い年の子供とくらべても翼は短く、胸と腹は丸かった。幼鳥の頃と成長後の羽色や形が変わる者は多い。だが、八歳という年齢を考えると、オージは成長がほかの者より遅いようだった。ロアの民の子だったらいじめられていたかもしれない。

ひとの姿でも、オージは敏捷でもなければ、強そうでもなかった。ずんぐりむっくりの体形にはある種の愛嬌があるが、すごいとか強いと思える根拠は見当たらない。

オージのその自信はどこから来るのか。

ユキには不思議でならなかったが、それを口にしたらできたばかりの友が傷つくだろうと、幼いながらにわかっていた。

「……最初はみんなうまくできなくて当たり前なんだ」

だから代わりにユキはそう言った。

「教えてもらってやってみて、そして上手になっていくんだって、かあさん、言ってたよ」

「そうか！　くんれんが必要なんだな！」

「そうそう。明日からがんばろう」

「うむ！」

朝になったらオージにあれも教えてやろう、これもやらせてあげようと、ユキはしゃべり続け、ふたりは「いつまでもしゃべってないで、さっさと寝な！」と母に叱られても、くすくすと笑い合っていた。

次の日は本当に楽しかった。川での洗濯も、森での薪拾いも、オージはなんにでも驚いた。ユキは得意だった。

このままずっとオージと暮らせたら……そんなふうにユキが子供らしい想像に胸をふくらませていた、けれど、その日の午後――。

ちょうど、ユキが馬車の幌の中で、オージに紐細工の編み方を教えてやっている時だった。

「そうそう。ここに紐の先を通して……」

ばさばさばさっ！　これまで聞いたこともないようなたくさんの羽音と鳴き声にユキの声がさえぎられた。なにごとかとオージとともに幌の外をのぞく。

最初は黒い雲かと思った。たくさんの兵鳥が、隊列をなして森を覆いつくしていた。

木々にぶつかりそうなほどの低空を飛び、鋭く鳴き交わしている。

「中に入ってな！」

血相を変えたユキの母に幌の中に押し込まれた。

「軍人だ！　なにがあっても出てくるんじゃないよ！」

当時からユキの翼は黒かった。幼い頃はまだ頭部に灰色の柔毛も混ざっていたが、母からはひと前で鳥姿になってはいけない、ばれたら狩られてしまうと教えられていた。

母はユキのことを案じたのだ。だが、

「ぼくのせいだ」

「オージ？」

オージは顔を強張（こわば）らせてそう言った。

「ぼくを探しに来たんだ」

「ど、どういうこと？」

「チビ」

オージは真剣な顔でユキの手を握った。

「いろいろ教えてくれてありがとう。チビのことは絶対忘れない」

そしてユキがとまどっているあいだに、オージは幌の奥から外へと飛び出した。

「オージ！」

あわてて幌の前まで駆け寄ったユキの目に、転びそうになりつつ懸命に走るオージの姿が飛び込んできた。逃げるオージの前に川が迫る。

「ちょっと！」

ユキの母が気づいて、あわててオージを追う。

川に突っ込むと見えたところで、オージは鳥姿になった。水に落ちそうになりながら、よたよたと川を渡っていく。

鋭い警告音が兵鳥の先頭から響いた。オージを見つけたのか、すぐさま矢の形に隊列を変え、小さなぽよぽよした灰色のかたまりに、鍛えられた兵たちが殺到する。

母も鳥姿になった。オージを助けようと、まっすぐにオージへと向かう。

「かあさん、かあさん‼　オージ！　うわああっ！」

ユキのいる幌馬車が揺れるほどの風圧だった。何百羽という兵鳥がオージとユキの母を追い、ユキは馬車にしがみついた。

どれほどそうしていたのか。

気づいた時には、兵鳥たちは大集団とは思えぬ規律と素早さで向きを変え、都のほうへと飛び去っていくところだった。

「かあさん⁉　オージ？」

ユキは急いで、兵鳥たちがふたりを襲った川へと走った。

「かあさん！」

向かい岸に母が倒れていた。けれど、オージの姿はもうどこにもなかった——。

ユキの話を食い入るように聞いていたエルは、ユキが話し終えたところで、額を押さえてうつむいてしまった。

「……すまない……」

エルらしくない、口の中だけで発されたようなくぐもった声は聞き取りづらかった。

「え?」

すまない、と聞こえた気がしたけれど、エルにあやまられる理由がわからない。

「今、なんて?」

エルがのろのろと顔を上げた。

「……君の、おかあさんは……まさか、その時のケガが原因で……?」

「ああ、うん。都ならいいお医者さんがいるだろうって、この街まで来たんだけど、そこでもう動けなくなって……。グループは自力でついてこられない者は置いていく決まりだから、おれとかあさんだけで困ってるところをじっちゃんが助けてくれたんだ」

「……なんと言って……」

そこでまたエルはうつむいてしまい、声がくぐもる。

「でも、そのおかげで……」

じっちゃんと知り合えたんだからと続けようとしたところで、ユキは窓へと顔を向けた。

なにかが窓ガラスにぶつかり、バンとガラスが震える。

「なんだろ?」

キキキ! ちぃちぃ! ピーッ! 小動物たちの高い悲鳴と細かな足音、鳥人ではない、小さな鳥たちのばさばさという羽音が聞こえてきた。鳥は夜目がきかない。それなのに羽音が聞こえるのは緊急事態にちがいなかった。

「外、おかしい」

ユキは立ち上がり、ドアを開いた。そのユキの足元をネズミが駆け抜ける。

「うわっ!」

小鳥たちがパニックになって飛び交い、小さな獣たちが走る。みな、果樹園の奥の山のほうから逃げてくる。

「どうした!」

エルも出てきた。

「動物たちが逃げてる……なにが……」

いつもより黒々として見える山に向かって目をこらす。ぷんと生臭い匂いが漂ってきて、ずぞ、ずぞっとなにか大きなものが這うような音も聞こえてきた。

外に出てもっとよく見ようとすると、

「おまえは中にいろ」

とエルに腕を摑まれた。ユキを戸口から中へと引き戻し、エルは外に出た。

エルのバイオレットの瞳にはユキには見えないものが見えているのか、山をにらむその顔はこれまで見たこともないほど厳しい。

「エ、エルも危ないよ！　家の中に戻って……ひっ！」

作業場と家のあいだの地面がうねり、持ち上がったように見えた。黒光りするそれは、何十何百という蛇の群れだった。足元を何十匹という蛇が這っていくのをものともせず、エルは闇を見据えて動かない。

ふたつの赤い不気味な目が、エルがにらむ闇の中で光った。ひとの胴ほどもある巨大な蛇が、ずぞぞ、ぞぞぞ、と不気味な音を立てて這ってくる。ちろちろと先が分かれた舌をひらめかせているのがさらにおぞましい。

「うわわわわ……！」

膝が震えて、ユキはその場にへなへなと座り込んだ。

「エ、エ、エル、エル……危ない……」

あんな巨大な蛇に襲われたら、ひとたまりもない。ユキはなんとかエルの袖を摑もうと震える腕を伸ばしたが届かない。

「エル、危ないから……中へ……」

「俺なら大丈夫だ」

ちらりとユキを見てうなずくと、エルは両手を合わせてなにごとかつぶやいた。その手が金色に光りだす。

「エ、エル……？」

エルが両手を広げると、その手と腕から金色の光が鱗粉(りんぷん)のように舞い始める。細かな光の粒はあまりに濃くて、まるでエルが太陽になったかのようだ。

光の帯は大蛇と山に向かい、うねりながら広がっていく。

「あ……」

信じられない。ユキは言葉もなく、目を見開いた。いつもは上空から淡く降り注ぐ金色の粉のようにしか見えない、鳳王の浄化の光。今、エルが放っているのは、それと同じものではないのか。

「シャアアアア！」

黄金の光を浴びた大蛇は苦しげに身をうねらせ、大きな口を開いた。まがまがしい牙(きば)から毒液がしたたる。その牙が今にもエルに届きそうだ。

しかし——エルは微動だにしない。バイオレットの瞳は大蛇をまっすぐに見つめている。

「シュー……」

なにが起きたのか。

大蛇が口を閉じ、首をどすりと地面に倒した。凶悪に赤く光っていた目も黒く落ち着く。そして大蛇は向きを変えた。普通サイズの何百という蛇たちも、その大蛇にしたがって山へと向かいだす。

さっきまでの不気味ななにかは影をひそめ、蛇たちに猛々(たけだけ)しさはもうない。果樹園を見下ろす山も平和で落ち着いた、いつもの夜と同じ山に戻っている。

蛇たちを鎮めたエルの金色の光は、見る間に小さくなり、ふっと消えた。エルがふらりと一歩後ろへとたたらを踏む。

「エル！」

倒れる！　ユキは急いで外に飛び出すと、そのからだを支えた。

「……ああ、大丈夫だ……」

エルは笑ってみせるが、その顔は青く、唇にも色がない。

「エル……気分悪いんじゃない？　中で休んで……」

あれだけの光を放ったのだ。疲れて当たり前だ。

「いや、平気だ。これぐらい」

白い指が、そっとユキの頬に触れてきた。目が優しい。

「怖い思いをしたな。もう大丈夫だぞ」

とくん、だろうか、きゅん、だろうか。とにかくその瞬間、ユキの心臓はこれまで感じたことのない動きをした。鼓動が跳ねたか、心臓が絞めつけられたか。けれど、それは苦しいものではなくて、初めて味わう不思議な甘さにユキはとまどう。

「と、とにかく、中に入って……少し休んで……」

「そうしたいのはやまやまだが」

苦笑気味にエルは口元を歪めた。

「もう王宮に戻らねば。仕事がある」

「エル、エルの仕事って……」

エルが放った金色の浄化の光。ものの見事に大蛇と山の邪気を鎮めた霊力は……。

「言っただろう」

ふふんと、青い顔のまま、エルは顎を上げてユキを横目で見下ろした。

「鳳王を、鳳王たらしめるのが俺の仕事だと」

それは……。もっと突っ込んで聞きたかったが、ユキの頭をくしゃりと撫でると、エルはくるりと踵を返した。

果樹のあいだに入っていくその背中は、ユキが見送る前でふっとかき消えた。

あの光はなんだったんだろう……。エルは何者なんだろう……。

純白の翼から鳳王が散らす浄化の金粉。それは地上から見ると煙かかすみのように見えるけれど、間近からなら、まぶしいほどではないのだろうか。——あの夜のように。

鳳王のそば近く仕えるひとなのだとばかり思っていたけれど……。

(でも、まさか。まさかね……)

もし万一、自分の想像が当たっているとして……。

ユキは考える。

鳳王ともあろう者が、王宮での食事を「味気ない」なぞとけなすだろうか。王宮で食べられないからと、下々の家にやってきて、果物を勝手に食べ、食事をねだるだろうか。

(ないよね。ないよ)

そんな馬鹿なことはないと否定して、しかし、ならばあの圧倒的な霊力はどういうことだとまた同じ疑問が湧いてくる。

あの夜の山はおかしかった。蛇たちもなにかに取り憑かれているようだった。人間界の瘴気に毒されていたのだろうけれど、それをあれだけものの見事に浄化することが、鳳王

2

以外のひとにできるものだろうか。

『おまえの作るものは本当にうまい』

顔の形が変わるほど、口の中いっぱいにユキの手料理を頬張っていた姿を思い出す。

(あれが鳳王さま……なわけないよな)

鳳王さまはもっと気高くて……品があって……。

(でも)

ユキは鳳王の姿を空をよぎる鳳の姿でしか知らない。気高くて品があるだろうというのも世間一般のイメージでしかないのだ。

(それに……)

エルは口が悪いだけで、黙っていれば、本当に美しい姿かたちをしている。ふと考えごとをしている時など、近づきがたいような品格を感じることもある。

ああでもない、こうでもないと考えあぐね、もうこれは本人に直接聞くしかないとユキは思い決めた。だが、それから幾日たってもエルは果樹園に現れなかった。

(どうしたんだろう)

やはりあれだけの霊力を使ったのがまずかったのだろうか。ただでさえ、あの日のエルはやつれていたのに……。

具合が悪いなら見舞いに行きたいけれど……もし想像が当たっていたら……。

ユキがそんなふうに悶々として過ごしていたある日。果樹園の上空に数羽の大鳥がやってきた。様子を見るように旋回し、果樹の剪定をしていたユキの前に次々と降り立つ。どの鳥も背に剣をしょっている。その中でひときわ大きな鳥が前に進み出てきた。ひとの姿に戻る。

「突然、すまない」

鳥姿になると、ひとの姿でいた時の衣服は重くなる。だから普通は鳥姿になる前に、少しでも軽い衣に着替えておくものだが、その時、ユキの前に現れた貴人は襟の高い、金銀の刺繍とモールがほどこされた見事な上着をまとっていた。中のブラウスにもふんだんにレースが使われ、腰のサッシュの房も豊かだ。長靴にも飾り刺繍がなされ、背から腰に着け直した剣には柄に宝石が散りばめられている。

あとの者たちは従者らしい。たくましい体格に、機動性のよさそうな短い上着と脇にラインの入ったズボンというでたちだ。

「わたしはカラール・ドゥ・スヴェン伯爵。代々鳳王陛下に仕えている家の者だ」

胸に手を当て、カラールは丁寧に名乗りを上げた。

「あ……あ、どうも、はじめまして……」

栗色の巻き毛をしゃれたショートにまとめているカラールはなかなかの男前だ。目を丸くしているユキに向かい、にこりと笑う。

「この果樹園の主人に会いたいのだが」

「あ、それならおれです。ユキといいます。この果樹園を守ってます」

カラールは明るい色の瞳を大きく見開いた。

「君が！　そうか！」

「あ、あの……おれになにか……」

「突然の訪問で驚かせてすまない。つかぬことを聞くが、ここ最近、君は客を迎えてはいないか？」

「客……」

「食事を出し、もてなした相手はいなかったか？」

それならいる。ぱっと浮かぶのはエルの顔だ。

「ひとり、いますけど……」

「やはりか！　その客というのは、若くてやたら顔のいい、プラチナブロンドの男か？」

「はい、そうです……」

顔はいいですけど、口は悪いんですよね、とは言わずにおいた。

カラールは「よし、大正解だ」と満足そうにうんうんとうなずいている。

「あの……そのお客さんがなにか……」

「君はその客人にどんな食事を出していた？」

「えと……スープとか、パンとか、燻製した魚とか、かんたんなものばかり……」

「彼は君が出した食事を喜んでいた？」

「……と、思います。いつもおかわりしてたし……」

「ほお！　おかわりまで！」

カラールは目を丸くし、そしてにこりと笑った。

「どうだろう、ユキ。わたしたちと一緒に、王宮に来てはもらえないだろうか。その客人に出していたのと同じ食事を作ってほしいのだ」

「は？　お、王宮で食事を？」

突然の珍客にも驚かされたが、依頼にはなおのこと驚かされた。頭をよぎるのはエルのことだ。同じことをエルにも頼まれた。

「スープだけでもかまわない。鍋釜は王宮にある。そうだな、君がいつも使っている食材を用意してもらえないか。あと食べ頃の果物があればそれも一緒に運ばせよう」

「あ、あの、待ってください！　そんな食事の支度なんて……」

「おや」

カラールは笑みを含んだあたたかい瞳でユキを見つめてくる。

「君はこれまで、その客人に食事を振る舞っていたんだろう？　むずかしく考えないでいい。同じことを、王宮に来てしてもらいたいというだけだ」

「…………」

「急なことで申し訳ない。用事があるなら出直そう。二時間後ではどうだ」

出直そうと言いながら、二時間後にまた来るという。カラールはどうあっても自分を王宮に連れていくつもりだと感じ取って、ユキは観念した。

「わ、わかりました。支度をします……」

「荷物をまとめてくれたら、従者たちに運ばせる。君は手ぶらでよいからな」

そう言われて、はっとした。カラールは当たり前に空で行くつもりだ。

「あの……空を行くのはどうかご勘弁ください。羽がぼさぼさでみすぼらしく……ひと前で鳥姿になりたくないのです」

「……なるほど、そうか」

カラールはそれ以上、ごり押ししてくることなく、ユキが準備しているあいだに、馬車を用意してくれた。

こうしてユキは畑で採れた野菜と、昨日焼いたパンをカゴに詰めて、カラールとともに王宮へと赴くことになった。

鳳王が住まう王宮は都を見下ろす高台にある。鳳王に歯向かう者などいないので、広大な敷地の周囲には城壁ではなく唐草模様の鉄柵が張り巡らされている。見事な庭園の奥に、白亜の宮殿が、白鳥が羽を広げているかのような優美なフォルムを見せていた。

「ふわあ……」

緑と咲き乱れる花々が美しい庭園と、真っ青な水をたたえている泉の向こうに建つ、純白の王宮。馬車から降りたユキはそのあまりの美しさに思わず嘆声を漏らした。

「王宮に来るのは初めてか」

「は、はい。門の外までは来たことがありますが、中に入るのは初めてです」

しかも正面からだなんて。王宮への納品を頼んでいるバルクも正門から入ったことはないはずだ。いつも裏手に回って通用門を使うと聞いている。

「では、こちらへ」

王宮の正門脇にも、また正面玄関にも、ユキの苦手な兵の姿が多くあった。が、みな、カラールの姿を見るとさっと敬礼して、誰も怖い顔など見せてはこない。

そのことにほっとしつつ、ユキはカラールに案内されるまま、王宮を奥へ奥へと進む。

案内されたのはユキの家が丸ごと入りそうなほど広い厨房だった。料理人たちがいそがしそうに立ち働いている。

「ここで君に料理を作ってもらいたい。客人に食べさせていたというスープを」

カラールに言われたが、勝手がわからない。とまどっていると料理長らしき人物が寄ってきて、

「ここを自由にお使いください」

と料理道具一式とかまどを指し示してくれた。

しかし、料理を専門にするプロの前でつたない腕前を披露するのは気が引けた。厨房で使われている包丁も鍋も、ユキが使っているものが子供のおもちゃに見えるほど質が高い。

「お手伝いしましょうか」

ほかの料理人もおそらく親切心からそう言ってくれるが、その包丁さばきはユキの比ではない。

「あの、やっぱりおれ……」

こんなところで料理するなど恐れ多い。ユキが尻込み（しりご）すると、カラールは困ったように首をひねった。

「頼れるのは、あとは君だけなんだが」

そう言われても。

無理です、いや頼むよと押し問答しているところに、「こんにちは」と声がかかった。

「スラー！」

「遅いので様子を見に来たのですよ」

カラールより少し年上に見える男性だった。帽子にきっちりと髪を納めている様子からも、その帽子も首元から足元まで覆う衣も白一色であることからも、聞かなくとも医師だとわかる。

「はじめまして」

スラーと呼ばれた医者はユキに向かって丁寧に頭を下げてくれた。あたたかみのある声の持ち主だった。

「わたしはスラー。鳳王陛下エルリワードさまの侍医を務めております」

エルリワード。初めて聞く鳳王の名前に、ユキは小さく息を飲んだ。

（エル、まさか）

鳳王は下々にひとの姿も見せなければ、名も明かさない。――エルはエル……謎めいた、横柄な態度の友達だと思っていたいけれど……。

「あなたが王宮に納められる果物を作っていらっしゃるのですか」

おだやかに尋ねられた。ユキははっとして、あわてて何度もうなずいた。

「そ、そうです。あの、ネルジェスおじいさんから、果樹園を継いで……」

「そうですか。実はこのところ、陛下は体調かんばしからず……おからだの具合がよろしくなくて、あまりものを召し上がられなくなっているのです」

「あの……鳳王さまはどこかお悪くて……？」

「特別、名のつけられる病があるわけではありません。ただ、あなたもおそらくご存知かと思いますが、人間界の穢れがひどく、その穢れは瘴気となってこの天鳳界にも押し寄せてきています。陛下はそのお力で、天鳳界を清浄に保たれようと努めてくださっていますが、瘴気をどれほど祓おうと、またすぐどす黒いよごれが押し寄せてくる……そのため、陛下は体力気力ともに限界を迎えておられるのです」

「………」

エルは鳳王のことを怠け者だと言っていた。そんなはずはないと思っていたが……。

身を削って天鳳界の浄化に努めてくださっていたのだと聞かされて、ユキは悄然(しょうぜん)とうなだれた。

「しかしありがたいことに、陛下はあなたが丹精した果物だけは喉を通るようでいらして。また、どうも陛下はここのところ、王宮の外でなにか召し上がっているご様子があり……どこでなにをとお聞きしても答えをはぐらかされるばかりでしたが、先日、鳳王の浄化の力が使われたとおぼしき発光が夜間に確認されましてね」

「場所を特定するのに少し手間取ったが、どうやら君の果樹園の中だろうと」

スラーとカラールの説明に、ユキはあの夜エルが放った、太陽ほどにもまぶしかった金色の光を思い出す。

「陛下はがんとしてお認めにならないのだけれどね。それならば、果樹園を訪ねてみようという話になったわけだ。よかったよ。君が見つかって」

カラールの言葉にスラーがうなずく。

「ここで、いつもと同じ食事を作ってはいただけませんか」

と畳みかけられた。

「おれ……わたしは鳳王さまにお会いしたこともないし、鳳王さまに手料理を召し上がっていただいたこともないです」

そうだ。自分は友達のエルに食事を振る舞っていただけだ。そう思いたい。

「でも、もしわたしが、なにか鳳王さまのお役に立てるなら、スープ、作ります」

「ありがとう！」

満面の笑みでユキの手を握ってきたのはカラールだった。

「助かるよ！」

こうなっては仕方なかった。並みいるプロの料理人たちの視線が気になったが、ユキはスープ作りに集中した。鳳王さまに召し上がっていただくと思うと手が震えそうで、これはエルに食べさせるものだから、と心の中で自分に言い聞かせながら。

「できました」

盆に持ってきたパンと出来たてのスープの椀を載せる。カラールが「感謝する」と手にとった。どこかに持っていくらしい。

「あの……おれ、もう帰っていいですか」

ユキは残ったスラーに尋ねた。スラーの目が丸くなる。

「果樹の世話をしなきゃいけないし、それに……」

「おいそがしいのはわかっています。ですが、今しばらく、こちらでお待ちいただけませんか」

「でも……」

「そうだ。採りたての果実にはおよびませんが、ここの料理人たちが作る菓子もなかなかのおいしさですよ。召し上がりませんか」

スラーが言うと、料理長が「ぜひぜひ」と目を輝かせる。

「え、でも……」

と遠慮しているあいだに、そばのテーブルに椅子が用意され、蜂蜜（はちみつ）のかかったふわふわのケーキが目の前に置かれた。

「どうぞ。お口に合うかどうかわかりませんが」

そう言われてはことわれない。ユキはフォークをとった。

「いただきます。……おいしい！」

甘さも口当たりも絶妙だった。ユキの賞賛に料理長が目を細める。

「そうでしょう、そうでしょう」

「あの、これはどうやって……」

ユキがつい、菓子の焼き方を聞こうとしたところだった。厨房の入り口がにわかに騒がしくなった。

「おお、これは早速に……」

スラーがつぶやく。

まるで波が順にくだけるかのように、入り口から奥に向かって、料理人や召使たちが頭(こうべ)を垂れていく。最後にスラーがうやうやしく頭を下げるのと、つかつかと厨房に入ってきた人物がユキの前に立つのが同時だった。

「やはりおまえか！」

「エル……」

息を切らせたエルを、ユキは呆然(ぼうぜん)と見上げたのだった。


いつもは自然に波打っているプラチナブロンドの髪が今は後ろでひとつに結ばれている。これまで白のシンプルなブラウス姿しか見たことがなかったが、今のエルは宝石が縫い込まれ、細かな刺繍がほどこされた上着に、サテンの棒タイとルビーのブローチのついたブラウスを着ている。腰のサッシュも金糸で織られており、長靴にも宝石と刺繍が見える。

カラールの衣装も十分華やかだが、エルの装いはそれよりも一段と豪奢(ごうしゃ)だ。

「陛下。このような場所におんみずからおいでにならなくとも、御用があれば、こちらからおうかがいいたしましたのに」

スラーが顔を伏せたまま言う。

（陛下）

確かにそう言った。

もう、そうにちがいないとわかっていても、わずかながら「いや、でもまさか」と疑問を持てる余地はあった。だが、ここまで状況証拠がそろえば、事実の圧倒的な重量の前に屁理屈めいた希望的観測は粉砕されるしかない。

ユキはそこでようやくはっとして、椅子から下りた。がばりと深く頭を下げる。

「……ユキをここに連れてきたのは、おまえたちか」

エルの……鳳王の苦々しい声が言う。

ユキが髪のあいだからそっとうかがうと、鳳王の視線を向けられたカラールは肩をすくめてみせ、スラーはにっこりと笑っていた。

「わたくしが賛成し、カラールがお迎えにまいりました」

「仕方がございませんでしょう」

さりげなく「カラールが言い出しっぺ」と侍医に暴露されたカラールが開き直る。

「陛下はもう三日も水と果物しか召し上がっていらっしゃらない。それもほんの少量だ。あたたかいスープとパンをなんとしてもお召し上がりいただきたくて、ユキ殿にご足労を願ったのです」

エルは憤懣やるかたないといった顔つきで側近をにらんだ。

「それだけの気回しを、仕事で見せてほしいものだ」

皮肉な口調にも慣れているのか、カラールは「御意」と慇懃に頭を下げる。

「……ユキ」

呼びかけられて、ユキはいっそう深く頭を下げた。

「一口、スープを口にしてまさかと思った。パンを食べて確信した。おまえが城に来ているとは……。顔を上げてくれ」

鳳王の前で平民も平民、もとは流浪の民だった自分が頭を上げてもいいのだろうか。この場合、どうするのがもっとも礼儀にかなっているのか。

（助けて、じっちゃん）

心の中で、今は亡きじっちゃんに助けを求めた。その声なき声が聞こえたのか、

「顔を上げても大丈夫ですよ」

と、横からスラーがそっと助け船を出してくれる。

おずおずと顔を上げると、眉間にうっすらとしわを刻んだエルと目が合う。

「すまなかった。おまえにこんなふうに迷惑をかけるつもりはなかったのだ」

「い、いえ！　とんでもございません！」

ぴしっとからだの横に腕をつけ、ユキは大きな声でそう返した。声がうわずり、今にも

ひっくり返りそうだ。

「ほ、鳳王さまであられるとはつゆ知らず……これまでの無礼、お許しくださいっ」

とにかく早くあやまらなければ。

ユキは額が膝につくほどに深く、頭を下げた。

ふーっと深く重い溜息がユキの後頭部に落ちる。

「……しばし、ふたりにしてもらいたい」

「謁見の間を準備させましょうか。それとも東屋(あずまや)にお茶でも運ばせましょうか？」

「ここでいい！」

エルのいらだった声に、カラールもスラーも料理人たちも一礼していっせいに厨房から出ていく。

「ユキ」

呼びかけられる。

「侍医たちが俺を案じてしたことだが、すまなかった。迷惑をかけた」

改めて謝罪され、頭まで下げられた。

「な、なにをおっしゃいます！　あ、頭など下げないでください！　お……わたしのほうこそ、知らなかったとはいえ、数々の失礼を……どうかお許しください！」

もう一度深く腰を折る。

「ユキ……」

　肩にエルの手がかかり、顔を上げさせられた。

「そのように他人行儀な……これまでと同じように、エル、と呼んではくれないか」

「め、めっそうもございません！」

　ユキはあわてて首と手を同時に横に振った。

「鳳王さまご本人とわかった以上、これまでのように無礼な物言いなど、できるわけがありません！」

　エルはまた、この事態は不本意だと言わんばかりの溜息をついた。

「……ばれたらどうなるか、考えたことはあった。おまえのことだ。どうしてさっさと言わなかった、へたな嘘をつくなと叱られるだろうと思っていたが……」

「鳳王さまをお叱りするなど、できません」

　果樹園でしていたように、エルは器用に唇を歪め、片眉を皮肉に持ち上げてみせた。

「これまではさんざん叱ってくれただろうが」

「それはご身分を存じ上げなかったからです！　最初から明かしてくださっていたら、あのように無礼な物言いはしませんでした！」

　強く言うと、エルはがっかりしたようにうなだれた。

「……だからばれたくなかったのだ」

「……お加減がよくないとお聞きしました。座られたほうがよろしいのでは？」

装いは豪華だが、いや、豪華だからこそか、逆にエルはやつれて見える。ユキは自分が座っていた椅子をそっとエルに向けて押し出した。

「……おまえも座るがいい」

言われて、別の椅子を急いでとってきた。

向き合って座る。――これも礼儀にかなっているかどうかわからないが、鳳王に「ここに座れ」と言われてしたがわないほうが無礼だろうと判断した。

「……おまえには、あやまらねばならぬことばかりだ」

エルがしみじみと言ってうつむく。

「そんな……」

「そうか。では、無断で果樹園に侵入して最上級の桃を食い散らかしたことも、その後も無断侵入して食事をねだったことも、俺は悪くないか」

「いや、それは悪いよ」

エルの調子につられて、つい軽く返してしまってから、ユキはあわてて頭を下げた。

「も、申し訳ありません！　失礼な物言いを……」

「おまえにぽんぽん言われるのは好きだったのだが……」

そう言われても。

エルは今度は少々悲しげに溜息をつくと、

「おまえにあやまらねばならぬことはほかにもある」

と切り出す。

「おまえが先日話してくれた……川辺で拾った幼鳥のことだ。おまえの母上にケガをさせた原因となった……」

たった二日間だけだったが友達だったオージのことで、なにをエルがあやまることがあるのか。不思議に思うユキに向かい、エルはうなだれた。

「あの時のオージは俺だ。ひとりでも自由に生きていけるのだと、城を抜け出した」

「へあ?」

え、と、は? が一緒になって変な音が口から出た。

「オージ……王子⁉」

乱れてバラバラになっていたタイルが一列にそろったような感覚があった。なにもかもが一度にすとんと腑に落ちる。

「あ……あ、そうか! だからあんなえらそうで……兵鳥たちがあんなにたくさん探しに来ていたのも……」

「えらそうとはなんだ」

エルは一瞬、むっとした顔をし、そしてすぐに「いや、そうなのだ」とうなずいた。

「おまえとおまえの母上に会うまで、俺はちやほやされるばかりで、自分がどれほど幼いか、力もないのか、知らなかった。無知すぎて、自分が無知なことにも気づけていなかった。そのせいで、おまえの母上にケガまでさせて……その上……」

「でも！　仕方ないです！」

ユキはすまなそうに詫びるエルをさえぎった。

「王子さまが城から抜け出したなら、大騒ぎになるのは当たり前だし、王子さまを保護するために兵が必死になるのも当たり前です」

「しかし……」

「もう昔のことです。それに、その母のケガのおかげで、おれはじっちゃんに会えたんだし」

「……本当にすまなかった」

やめてくださいとユキが止める間もなく、エルが深く頭を下げる。

「そんな……鳳王さまにあやまられたら、困ります」

「今日もだ。おまえは兵が苦手で城には来たくなかったのだろう。なのに」

「それはそうですけど、でも、鳳王さまのお役に立てるなら、こんな光栄なことはありませんから」

本心からそう言った。エルは眉をひそめると、なぜだかまた溜息をついた。

「……おまえには世話になってばかりだ」

「やめてください。おれ、わたしの料理が鳳王さまのお役に立つなら、喜んで」

「おまえの負担になるのは申し訳ないが……情けないことに、どうにも食欲がなくてな。もともと好き嫌いは多いんだが、おまえの作るもの以外、喉を通らんのだ」

「スラーさまにもそううかがっています。あの……わたしでよければ、これからも王宮にスープやパンをお届けしますけど……」

　エルの顔がほっとしたようにやわらいだ。

「そうしてもらえるとありがたいが……」

「どうぞ遠慮なさらないでください。……これまでは鳳王さまにうちのあばらやに来ていただいていましたけど、これからはお届けするだけのことなので」

　ふっとエルが遠くへと目をやった。

「……おまえの果樹園と家に行くのは、俺の楽しみだった……おまえのそばで、俺は鳳王としてではなく、くつろぐことができた……」

「そんなふうにおっしゃっていただけて、本当に光栄です」

　ユキは心からそう言ったが、エルはもう、寂しげに微笑むだけだった。

もらえないとことわったが、カラールに無理矢理、数枚の金貨を持たされた。

「馬車も用意するのに」

とカラールには言われたが、

「いえ、歩いて帰ります」

こちらは固辞した。

「歩いて帰るのか。……鳥姿がみすぼらしいと、先ほど、言っていたが」

裏門まで送ってくれながら、カラールが蒸し返す。ドキリとした。

「南のほうの者は原色で鮮やかな羽色の者が多いと聞く。相当に目立つ色なのか」

やんわりと羽色について尋ねられた。黒一色なので、なぞと答えられるわけがない。

「め、目立つのがいやとかじゃなくて……ほ、本当にぼさぼさで……」

カラールがちらりとこちらを見た。

「あ、あの、おれ、もうここで……」

裏門は開いているが、両側に兵士が立っている。カラールがなにか言い出す前に、早く門を出てしまいたい。

「急ぐので……失礼します」

カラールの返事を待たず、一方的に頭を下げて、ユキは小走りに門を出た。

「おお、今日はありがとうなー」

呼び止められたらどうしようと思ったが、背後から届いたカラールの声は明るかった。

ほっとしつつも、急ぎ足になる。

もし黒鳥だとばれたら、どうなるのか。バルクには申し訳ないけれど、食事を届けるのはやはりバルクに頼もう——そんなことを考えながら、帰路を急いだ。

それにしても……。

街に入る手前で足を止め、ユキは背後を振り返った。高台に建つ、緑に囲まれた美しい白亜の宮殿を仰ぎ見る。あの王宮の主が……。

（エルが鳳王さまだったなんて……）

（オージがエルで、鳳王さまだったなんて……）

オージはひとの姿でも骨格がわからないほどぽちゃぽちゃしていたし、鳥姿はお世辞にも美しいとは言えなかった。灰色の丸っこい、翼も短い幼鳥が、あんなに凛々しく美しい純白の鳳になるなんて誰が予想できただろう。

その上、食べ頃の桃を食い散らかして寝込んでいたのが、まさか鳳王さまだとは……。

（でもそれならそうと早く言ってくれればいいのに）

エルが鳳王に近い立場の人だとは知らされていたが、まさか当の本人とは思わなかった。

『鳳王を鳳王たらしめる仕事』

『俺は貴族ではない』

そういう意味だったのかと、ようやくエルの言葉の裏が見えてくる。

「鳳王を、鳳王たらしめる……」

浄化の霊力を持ち、王子として生を受けたひとりのひととしてのエルを思う。

『たまたま王の位に生まれついたというだけだ』

『おまえがこの果樹園の木々の世話をするのが当たり前のように、鳳王は浄化の仕事をしているだけだ』

自分が特別で高貴な存在だとおごることなく、務めを果たしているだけだと言っていた。

あの時は鳳王さまに対してなんて無礼な言いようをするんだろうと腹も立ったしあきれもしたが、本人が本人に向けて放った言葉だとすると、意味が変わってくる。

エルの言葉は王位に対して謙虚であればこそ、出てきたセリフだろう。鳳王としてあらねばならない、その自負があればこそ、「鳳王たらしめる」という言い方になったのだと今ならわかる。

「エル」

小さな声でつぶやく。

鳳王とじかに会い、言葉を交わし、さらには感謝のハグまでされたなどと、エルに出会う前の自分に教えたら「そんな名誉なことが」と喜んだだろうと思う。けれど今、ユキは浮かれた気分にはなれない。

むしろ……。

(もう「エル」には会えないんだ)

いくらエルのほうがそう望んでくれても、鳳王に対してこれまでのようにくだけた態度で接することなどとてもできない。この天鳳界を統べる王——それが鳳王なのだ。

「……でも、おれたち、友達だったよね……」

もう友としてのエルに会うことはできない。寂しさが胸に広がっていく。

鼻の奥がツンとして、ユキはきゅっと奥歯を噛んだ。

ここで泣くのはおかしいと自分に言い聞かせる。

これからはもっと料理の腕を磨こう。鳳王さまに召し上がっていただくんだから。

気持ちを持ち替えてふたたび歩きだす。

悲鳴のような声が聞こえてきたのは、街に入り、川沿いの道を歩いていた時だった。

「たすっ、たすけ……!」

広い川の中央あたりを子供が流されていく。必死にもがいているが、今にも波間に沈んでしまいそうだ。

「っ」

ユキは急いで踵を返した。川と道を隔てる腰の高さの堤を乗り越え、川原へと駆け下りる。

「きみ！　きみ、しっかり！」

川に沿って走りながら、溺れる子に向かって声をかけた。

「たっ……がぶっ……」

一瞬だけ目が合ったが、直後、その子はぶくりと水に沈んだ。手だけがかろうじて川面から出ている。

鳥に姿を変えたのはほとんど無意識だった。

「ピールルー！」

鋭い警告音を発して、ユキは水中に没してしまいそうなその子のもとへと飛んだ。くちばしでその子の服の端を咥え、なんとか持ち上げようと全力で翼をはためかせる。

（重い！）

ユキの鳥姿は決して大きくない。空中であっても子供をひとり持ち上げられるかどうかというところなのに、水中から引き上げるのはさらにむずかしかった。逆にユキまで水中に引きずり込まれそうだ。

（どうしよう）

渾身の力を込めて、くちばしをなんとか上に持ち上げようとした、その時だった。目の端に土色の羽が飛び込んできた。ユキの倍はありそうな屈強な鷲が五、六羽、助けに来てくれたのだった。

一羽の鷲が水中に突っ込んで子供を持ち上げると、ほかの鷲たちがその子の腕や脚を鋭い爪で摑んで持ち上げる。あっという間に、ユキは子供と一緒に川岸へと引き上げられた。

「だ、大丈夫⁉」

脚が地に着くや、ユキはひとに戻ってその子の肩を摑んだ。

「うん、大丈夫。助けてくれてありがとう」

ついさっきまで溺れていたとは思えない、冷静で落ち着いた声と表情に違和感をおぼえるのと、周りを屈強な兵士に取り囲まれているのに気づくのが同時だった。

（しまった！）

つい鳥姿になってしまった。全身黒い羽に覆われている姿を、よりにもよって兵士たちに見られるなんて……。

さあっと顔から血の気が引いた。心臓が早鐘を打つ。

「あ……」

溺れていたはずの子は敏捷に立ち上がると、さっと兵士の後ろに回り込んだ。

「え……？」

ユキがうろたえて、自分を見下ろす兵士たちを見上げたところで、見知った顔が兵の壁のあいだから出てきた。

「驚かせてばかりですみません」

スラーだった。突然現れた鳳王の侍医の姿に、ユキの背に冷たいものが走る。

「ス、スラーさま⁉　ど、どうして……」

「あなたの鳥姿を確かめたくて、このような手を使わせていただきました」

このような手？　ユキは目を見開いた。

「ま、まさか、子供が溺れてたのも、嘘……？」

「申し訳ありません」

謝罪を口にしつつも、スラーがどこかうれしそうに頭を下げる。

「しかしこれで、陛下も天鳳界も救われます」

どういうことだ？

「くわしいことはのちほどゆっくり説明させていただきます。では、わたくしたちと城にお戻り願えますか」

兵たちが頑丈そうな鉄製のカゴを持ち出してきた。中が見えないようにという配慮だろう。カゴは黒い布で覆われている。

「万一のことがあってはなりませんので、手を縛らせていただきます。ご容赦ください」

スラーの目くばせに、兵のひとりがユキの手を「失礼いたします」ととった。両手を後ろに回されて縛られる。

屈強な兵たちに取り囲まれた時点で絶望的な気持ちになっていたが、これで鳥の姿になって逃げることはできなくなった。

「どうぞ」

大きく開いたカゴの入り口を指し示される。

仕方ない。ユキはカゴに入り、兵鳥たちに吊り下げられて、王宮へと連れ戻された。


黒鳥は不吉とされ、見つかると王宮に連れていかれて殺される——幼い頃から、何度、母にひと前で鳥姿になってはいけないと教えられただろう。

(やっぱり殺されるのかな)

とんでもないことになっているのは理解できたが、逆に実感が湧いてこなかった。いや、屈強な兵たちに取り囲まれて、もうあきらめのほうが強かったのかもしれない。

王宮へと連れ戻されたユキは暴れたり喚いたりすることもなく、鳥カゴに入れられたまま、中庭に建つ白い塔まで連れていかれた。塔に入ったところでカゴから出され、ひとの姿に戻る。

「こちらです」

と、スラーに案内されて螺旋階段を上った。

階段を上りきったところに両開きの扉があった。樫の木の、重々しい扉だ。

スラーが扉を開く。最初に目に飛び込んできたのは黒い鉄柵と、大きな錠前のついた、その檻の扉だった。塔の上部がそのまま部屋になっている広い空間には、内側に巨大な黒い檻がしつらえられているのだった。

檻の中には、天蓋つきの寝台や座り心地のよさそうなソファ、食事用のテーブルや椅子、本の並んだ書棚など、暮らすのに不自由のない家具がそろえられていた。ついたての向こうには便器や浴槽まである。どの調度も彫刻や螺鈿がほどこされ、意匠も凝った素晴らしいものだ。

しかし、いくら調度品が豪華でも、それは牢獄と変わらない。

ぞっと肌が粟立った。

「こちらにお入りください」

錠前をはずして、鉄の扉を開けたスラーが手で示す。

(いやだ。入りたくない)

初めて強くそう思った。

「あの、おれ、どうなるんですか……」

震える声で尋ねる。

「黒い鳥は不吉だから殺されるって……」

「大丈夫です。黒鳥は不吉なので退治されるという、あれはただの噂ですよ。あなたは殺されたりはしません。それだけはご安心ください」

スラーがにっこり笑う。――その笑顔はどこか、ユキを気の毒がっているようにも見えたが。

「手荒なことはしたくないのです。どうか、お入りください」

再度うながされた。

入るのをしぶれば手荒なことをされるのだろう。ユキはあきらめて、中へと入った。

背後で檻の扉が閉められる。スラーと鉄柵を挟む形になった。

「この黒檻には陛下とあなたしか入れません。陛下がご一緒ならばほかの者も入れますが」

「黒檻……」

ユキは周囲を見回した。名前の通り、黒い檻だ。

「あの……おれ、これからどうなるんですか……？」

まさかもう二度と、ここから出られないのか？　不安が現実感をともなって、のしかかってくる。

「わたしたちは黒鳥……凰を探していました」

おう。初めて聞く言葉だ。

これは鳳王に関する重大な秘密なのですが、と前置きして、スラーが話しだす。

「ご存知の通り、鳳王には天鳳界と人間界の空を浄化する霊力があります。けれど人間たちが生み出すよごれと穢れは強く、重い。鳳王の霊力だけでは負担が大きい。その鳳王もまた、浄化され、新たな力を与えられる必要があるのです」

ユキは息を詰めてスラーの話を聞く。

「それができるのが、黒鳥、凰です。ただ黒いだけではなく、凰は長い冠羽と尾羽を持っていると言われている。そう、あなたの鳥姿がまさにそうであるように。純白の羽の鳳と漆黒の羽の凰、このふたりがつがいとなって、初めて、鳳王は天鳳界の真の王である、鳳凰となるのです」

「鳳凰……」

初めて聞く話だった。

「鳳凰の翼は金色に輝き、七色の光を放ち、その光は天鳳界のみならず、天の四界をも照らすと言われています。エルリワード陛下のお父上であられる前鳳王も陛下のお母上とつがって鳳凰となられ、人間界と天鳳界を浄化されていた」

あ、と思い当たることがあった。数年前の代替わり後、それまで七色に輝く翼を持っていた鳳王は一回り小さくなり、翼もきらめいてはいても白一色になった。街の老人たちは鳳王は若い頃は純白で、年を経て、霊力が増すと七色に輝くようになるのだと言っていたけれど……。

「じゃあ……今の鳳王さまはまだ凰のままで……」

「そうです。ここ十数年、人間界の穢れはますますひどくなってきて、ただでさえ浄化が追いつかないというのに、陛下は本来のお力を発揮できずにいらっしゃるのです。我々はあなたを……凰を、待ち望んでいました」

そういうことだったのか。

「鳥姿漆黒の者を見知る者は、最寄りの兵士詰所へ申告せよ。金貨百枚を褒美とする」

街中で見かけた立て看板は不吉な者を狩るためではなく、鳳王のつがいを見つけるために立てられていたのか。

「ユキ殿。どうか陛下とつがいとなられ、陛下をお助けくださいませ」

丁寧に一礼された。……え？

「お、おれ？　……おれが……」

あまりに情報量が多すぎて処理が追いついていなかったが、そこでようやくユキは「え、ちょっと待って」とうろたえた。

「あ、あの……つがいって、おれ……わたしがまさか……」

スラーがにっこりと笑う。

「そうです。あなたが陛下のつがいとなるのです」

「……ウソ……」

つがいという言葉は普通、ひと同士では使われない。鳥人ではない鳥同士、動物同士をさす言葉のはずだ。ひとならば「夫婦」「恋人」が使われる。だが、言葉の使われ方はともかくとして、つがうというのは実質的には夫婦関係になるということだろう。

（おれと鳳王さまが？）

呆然として、大事な事実にはっと思い当たる。

「ででで、でも！」

盛大に噛んだ。

「おれ、男です！　そんな、男同士でつがいって……」

「鳳と凰にはひと姿での性別は関係ありません。普通はひとの姿の時と鳥姿の時の性別は同じですが、すべての凰は卵を産めると、記録にはあります」

ガン、と頭を殴られたようなショックがあった。めったに鳥姿になったことがなくて、自分の鳥の時の性別を気にしたことがなかった。

「とは申しましても」

スラーが気の毒そうに、薄く眉をひそめた。

「鳳王さまの正式な妃にはやはりそれなりの家格が求められます。鳳王を癒し、清め、その力を満たすことができるのは凰だけですが、正式な婚姻関係を結ぶというわけではありません。凰の存在がこれまで隠されてきたのは、そういう事情もあってのことです」

庶民の自分が鳳王と正式な「夫婦」になどなれるわけがない、だから「つがい」なのかと納得する思いと裏腹に、鋭い刃物で撫でられたかのような痛みが胸に走った。

鳥人は「この相手」とさだめた相手と終生連れ添うのが普通だ。浮気や離婚、二股など、物語には出てくるが、現実ではめったにない。ロアの民が訪れた時だけ、ゆきずりの恋を愉しむ者はあるが、それはあくまでも非日常のことだ。ほかの三界では王族や貴族は正妻のほかに側室と呼ばれる愛人を持つことも当たり前だと聞くが、天鳳界ではありえない話だった。

なのに、その天鳳界の長である鳳王には結婚相手のほかに肉体関係を結ぶ相手がいるなど、公にできることではないだろう。いくら、それが鳳王の活動に必要な存在なのだとしても……。

凰の存在が秘すべきものであることも、「つがい」であっても結婚できないのも理解できる。できるけれど……。

「感覚的には受け入れがたいことでしょう。それだけ凰の存在が特別なのだとお考えください」

ショックを受けているのを見て取ったのか、スラーがなだめるように言う。

ユキはなんとかうなずいてみせた。

「……そ、それは、当たり前だと思います……ほ、鳳王さまなんだから……結婚は……」

声がかすれる。

「わたしたちはもうずっと、陛下のための凰を探していました。あなたの作った果物や料理を召し上がると、陛下は元気になられる。もしかしたらと思い、あなたの鳥姿を確認させてもらったのです。卑怯(ひきょう)な手を使い、申し訳ありません」

スラーに頭を下げられた。

なにもかも仕組まれていた……。カラールが門を出る時に羽の色を話題にしたのもそのせいかと思い当たる。こちらが素直に黒一色ですと認めなかったから、凰の秘密を明らかにできないスラーとカラールはああいう手段をとらねばならなかったということか……。

「ただ」

顔を上げたスラーが、少しばかり不思議そうに小首をかしげた。

「食事を召し上がっただけで、あそこまで回復するものかと、少々疑問が残ります。ほかに陛下とあなたとのあいだで、その……触れ合う機会のようなものはありませんでしたか」

あ、と思い当たる。とたんに顔がかっと熱くなった。スラーの目が丸くなる。

「あ、いえ！　ち、ちがうんです！　そんな、つがいになるとかそんなんじゃなくて……あの、エル……鳳王さまは、食事の感謝を伝えたいとおっしゃって、いつも、その……おれを、ぎゅっと……」

おいしかった食事への感謝を伝えるための抱擁。エルが、『よいものだな。感謝を伝えるというのは。とても心地がよいぞ』と言っていたのを思い出す。

あれはそういうことだったのか。

「なるほど。食事だけではなく、軽微な肉体的接触もあったわけですね」

スラーが謎が解けたというように何度もうなずく。

「これですべて納得できます。このようななりゆきではありますが、ユキ殿、陛下のために、陛下にお仕えいただけませんか」

問いの形をとってはいるが、そこに選択の自由があるとは思えなかった。

この檻に入れられているのがなによりの証だろう。ユキの意思など関係ない、凰は鳳王に捧げられるべき存在なのだ。

「陛下のこと、なにとぞよろしくお願い申し上げます」

スラーはそう言うと、黙り込んだユキに丁寧に一礼して扉を出ていった。

ひとりきりになり、ユキは改めて広い部屋をぐるりと見回した。

鳳王のつがいとなって、これから一生をここで暮らす——とんでもないことになった。

「だいたい、つがいって……」

つがいになるとは、褥を共にする間柄になるということだ。

「おれと、鳳王さまが？」

嘘だろと思う。

ロアの民は性に奔放だ。旅の先々で一夜限りの愛を交わし、報酬をもらうこともある。ユキはまだ幼いうちにじっちゃんの果樹園で暮らすことになったが、男女が裸になってなにをするのか、実際に目にしたことは一度ならずあった。

エルの美しい顔が脳裏に浮かぶ。——あの綺麗な顔が近づいて？　キスをしたり、もっといやらしいことを、この自分と……？

「あああああありえない、ありえない！」

からだが一気に熱くなり、ユキはだかだかだかっと数歩、歩いた。髪をかきむしる。

「ないないないないないない！」

エルは恋人はいないと言っていたけれど、しかし、自分がエルとだなんて……。

そこで、はっと思い出したことがあった。

『出会えるかどうかはわからないが、もしも出会えたら、できうる限り大事にせねばならない……俺が愛すべき相手だ』

「……大事にせねばならない……愛すべき相手って……」

エルが言っていたのは凰のことではないのか。

「それが、おれ……？」

「ユキ」

呆然としていたユキは、呼びかけられて振り返った。

檻の向こうにエルが立っていた。駆け上がってきたのか、軽く息が切れている。

「エ……鳳王さま」

「その……すまない、こんなところに……。入ってもいいか」

果樹園にはいつも無断で入ってきていたのに。ユキ自身、好きで入っている場所ではないだけに、改めて許可を求められるのもおかしな感じだった。

「あ、は、はい、もちろん、どうぞ」

こくこくとうなずくと、エルは錠前に鍵を差し込んだ。むずかしい顔で入ってくる。

「スラーがすまないことをした」

頭を下げられた。

「あ、いえ……」

「俺の状態があまりよくないので、早く凰を見つけねばとあせったのだろう。騙し討ちのような形をとったことも、いきなりこの黒檻を使ったことも、叱っておいた」

「そ、そのことですけど、おれが凰という種類の鳥だって……あの、あの……鳳王さまの、その……」

鳳王さまのつがいになるなんて、と続けようとして言葉にできなかった。顔が松明でも突きつけられているかのように熱い。心臓もどくどくと音高く鳴りだして、エルに聞こえてしまいそうだ。

「うむ……スラーがまちがいないだろうと……」

エルの視線が右に左にと揺れた。エルにしては珍しい。口ごもる。

「でで、でも！　そんな、おれなんかが……」

「スラーが、冠羽も尾羽も確認したと……おまえが作るもので俺が元気になるのも、そのせいだろうと……」

エルの声もうわずっていた。額を指で支え、困ったようにまばたきを繰り返す。

「おまえが凰ならばとこれまで考えなかったわけではない。もしそうなら、どんなにいいかとは……」

「え」

今、なんて？　どういう意味？

驚いてエルを見つめたが、エルはすぐに「いや」と首を横に振った。

「すまん。つまらんことを言った」

つまらなくない。そう返したかったが、すぐに言葉が出なかった。——おれが凰ならいいってどういうこと——尋ねたい、確かめたいのに、胸がドキドキしすぎて、とっさになにも言えない。

「……とにかくだ」

ユキがあわあわしているあいだに、エルは大きく息をついた。やっと視線が合う。

「安心しろ。俺は、鳳と凰だからといって、おまえと関係を持とうとは思わない」

（エル……）

ふっと顔の火照りが消えた。――そうか。そうだよね。

果樹園の果物が好きで、料理が好きで……もし、食事を出してくれる相手が凰だったら、これからもずっと、その手料理を食べられる。

しかし、実際につがいになれるかと言えば話は別だ。好きでもなければ、抱きたいと思ってもいない相手と「さあ、つがえ」と言われても困るだけだろう。「愛すべき相手」だと、頭でわかっていたとしても。義務感でひとはひとを愛せない。

「だ、だよね、あ、じゃない、ですよね」

笑ってみせようとしたが、頬が引きつる。

「い、いきなり……おれが相手なんて……そもそも男同士だし……」

「ユキ……」

「あ！　ご無理はいけません！　そもそもおれなんかが鳳王さまにあい、愛していただけるとか、思ってませんから！」

ぴくりとエルの片眉が上がった。

「……それは俺に愛されたら困るということか」

「いえ、そう……」

「あいにくだな」

ユキの言葉をさえぎって、一歩、近づいてきたかと思うと、ぐっと腕を摑まれた。腰にも手が回り、抱き寄せられる。

「俺はおまえを愛せるぞ」

エルの腕にぐっと力がこもった、次の瞬間、唇を奪われていた。

「っ」

ユキの唇に唇を押し当て、エルはそのまましばらく動かなかった。

湿った熱と、柔らかさが伝わってくる。

重ねられた唇は触れた時の性急さとは逆に、ゆっくりと離れた。

「…………」

「…………」

目と目を見交わす。ユキの瞳には驚きととまどいが色濃かったことだろう。

エルの瞳には……ユキにはわからない熱と、そしてどこか苦しげな色があった。込み上げるものを無理に抑えようとするかのように瞳が揺れる。

その目がきゅっと細められ、頬に手が添えられた。

来る、とわかったのはその手にかすかに上向かされたせいか、それとも、わずかにエルが顔を傾けたせいか。

　ふたたび、唇が重ねられた。

　今度はただ押し当てているだけではなくて、エルはユキの唇をついばむように唇を動かした。

　キスしてる――おくればせながら、自分がなにをされているのか、しているのか、ユキは言葉で自覚する。誰となにをしているかと意識できたのはそれからさらに一拍あとだった。

（おれ、キス、鳳王さまと……！）

　喉の奥から変な音が漏れた。

　恥ずかしいのに、エルは腰を抱く手をゆるめてはくれない。唇も離れていかなかった。ばかりか、ユキの唇をついばんでいたエルの唇はさらに熱心にユキを食み、次には、それでも足りぬとばかりに舌で唇を舐められた。

「……っ……っ」

　唇を舐められる――その柔らかな刺激にユキのからだはぶるりと震えた。

「口を、開け」

　唇が触れ合わされたまま、低い声で命じられた。

　口はどうやって開けばよかったっけ……？　うろたえながら、なんとか唇をゆるめると、待っていたように舌が忍ばされてきた。

「んっ……」

驚いた。口の中を自分のものではないものがうごめいて、しゃぶられる。

軽く仰向かされ、エルの唇と舌を受け入れていると、頭の芯がくらくらしてぼうっとしてきた。これまで知らなかった刺激に、全身が蕩けそうになっていく。

「……ん……ふ、ぅ……」

鼻から甘い息とともに声が漏れた。

エルの長い指が頬から耳へとすべり、耳朶をくすぐるように撫でられた。

するり。

耳から首筋、背中へと、あやしい痺れが走った。くすぐったいのに、笑いたいわけではない。もっと淫靡で、ほの暗い快感だった。

「っんぁ……!」

(ダメだ!)

それはほとんど本能的ともいえる危機感だった。

初めてなのに、このままエルに唇と口腔を自由にされ、その指で触れられていたら、自分がおかしくなってしまうとはっきりと予感できた。――もっといやらしい声をいっぱい上げて、もっととろとろになって、きっと、もっとそういうことをされたくなって……。

「や、も、やめ……っ」

はっきりした予感に、あわてふためいて、ユキはキスを続ける男の胸を押しやった。

「ダ、ダメです……こ、こんな……」

顔が焼けつくように熱い。後ろに一歩下がろうとしただけなのに、膝が笑ってころびそうになった。よろめいて危ないところで立ち止まる。

エルのほうはなにかに驚いたかのように目を見張っていた。

「……まちがいない。おまえが……俺の……」

ゆらり、エルが歩み寄ってこようとする。

その手を避けてさらに後ろに一歩下がったのは、エルが嫌いだったからでも怖かったからでもない。ユキが避けたかったのは、このままぐずぐずとエルの腕の中に頽れていきそうな自分自身だった。

だが、エルはそんなユキに、はっとしたようだった。ユキに向けて伸びかけていた手がぎゅっとこぶしに握られる。

「……すまなかった。つい……」

一言、詫びを口にして、そしてエルは苦く笑った。

「なんだか……今日はやたらとおまえにあやまっているような気がするな」

「…………」

本当だと思ったけれど。それを冗談めかして返せる余裕はユキにはなかった。

ユキの無言をどうとったのか、エルの顔に寂しげな影がよぎった。

しばしユキを見つめ、そしてエルはふいっと横を向いた。

「……悪かった。……馬車を用意させよう。おまえは家に帰るがいい」

「え……」

意外な言葉にユキは目を見張った。——ここから出してもらえるのか。ほっとした安堵の下から、けれど、冷たいものも湧いてくる。

「でも……スラーさまが……」

鳳王のつがいになるのだと言われた。ここで王に仕えてほしいと。その必要はないと、エルは言うのか。

「俺は気持ちのない者に無理強いする気はない」

強い口調だった。

（気持ち……おれの、気持ち？）

なにを言えばいいのか、自分がどうしたいのか、ユキが混乱しているあいだに、エルはくるりと背を向けた。

出口へと向かう背中に、ユキはなにも言えなかった。

3

ネルジェス爺の果樹園には裏山に源流を持つ小川が流れている。山の栄養が宿った水をふんだんに吸い上げて、果樹たちはたわわに実をつける。

だが、人間界に起因する穢れが瘴気となって天鳳界を侵すと、その川もどす黒く濁ったり、奇妙に泡立ってしまう。

じっちゃんはそうした濁りで果樹がいためられることがないよう、工夫した。まず、果樹園と山のあいだに溜池を造り、エルの身長ほどの幅の川に堰を設け、川の水を濾過できるようにしたのだ。その濾過装置のおかげで、周辺の水がよごれた時もユキは水に困ることがなかった。

ところが——王宮から帰って二週間あまり……そのじっちゃんの濾過装置でさえ追いつかぬほど、山からの水がどす黒く濁るようになった。ユキは川の水を溜め、さらにその上澄みを布で濾して果樹に与えるようにしたが、穢れた水は伏流水となって果樹園の地下を走っていて、果樹たちは日々、葉の勢いを失い、弱い若木は葉を落とすようにさえなっていた。

(エル……大丈夫なのかな……)

鳳王だと身分が明らかになったあの日以来、エルは姿を現さない。約束通り、ユキはパンやスープを採りたての果物とともに毎日王宮に届けているけれど。

キスをした。

その時、エルはなにかに驚いているようだった。もしかしたら、凰の癒しの力を感じていたのだろうか。実際、その次の日、街の人々は浄化の金粉をまいて空をゆく鳳王の純白の姿を久しぶりに目にした。

しかしそれもその場しのぎにしかならなかったのか。それとも人間界からの瘴気がますますひどくなっているのか。もう十日ほどもユキはエルの姿を見ていない。

「エル」

空を見上げて、名を呼ぶ。いくら見つめても、白い翼が現れることはなかった。

その日は朝から空には真っ黒い雲が垂れ込めていた。

「ここだけじゃないよ、もうあちこちの畑で小麦も野菜も枯れ始めてる」

手伝いに来てくれたバルクも深刻そうな面持ちだった。

「鳳王さまがご病気なんじゃないかって、街では噂だよ。天鳳界、どうなっちゃうんだろう?」

「……どうなっちゃうんだろうね……」

「人間界なんか見捨てちゃえばいいのにって、みんな怒ってるよ。鳳王さまが大変なのも、人間界の浄化もがんばっていらっしゃるからだろ？　ゲートを閉じて切り離しちゃえばいいのにってぼくも思うよ。どうしてそうしないんだろう？」

「……なんか、人間界と天の四界はいろんなエネルギーが絡み合ってて、人間が悪いからって切り離せるほど単純なものじゃないって、聞いたことがあるけど……」

ユキもそのあたりのことを正確にくわしく知っているわけではない。自信がないままにそう言うと、バルクは「でもさあ」と小首をかしげた。

「人間界と天の四界では時間の流れ方がちがうんだろ？　今の人間たちが滅ぶまでゲートを閉じて、また新しい人間になるのを待てばいいんじゃないのかな」

それはそうかもしれないけれど、なんだか少しむごい気もする。かといって、このまま瘴気に侵され続けたら、天鳳界はどうなってしまうのか。——エルはどうなるのか。

とん、ととん……ユキとバルクのいる作業場の屋根に雨の当たる音が聞こえてきた。

「あ、降りだしたね」

「……え⁉」

バルクの言葉になにげなく目を外にやったユキは思わず声を上げた。

「うわわわ、なにこれ⁉」

バルクも大声を上げて、作業場の端まで走った。

作業場の屋根の向こうに降り注いでいるのは黒い、灰汁のような雨だった。黒い雨が当たると、葉はたちまちしおれ、収穫を待つばかりの果物も黒く爛れていく。

「お、覆いを……！」

ユキは作業場の奥へと踵を返した。果物の中にはきつい直射日光を嫌うものもある。そういった半日陰を好む果樹のために、作業場には日差しをさえぎる紗の覆いが置いてある。

「手伝うよ！」

バルクも飛んできて、ふたりで両腕にそれぞれ布をかかえ、雨の中に飛び出す。

「どれにかける？　うわ！　なんだ、これ、にがっ……」

「口に入れちゃダメだ！　気をつけて！」

だが、そう叫ぶユキの口の中にも黒いしずくは容赦なく入ってくる。目に入ると、酢でもさされたように痛みが走った。

「覆い、足りないよ！」

「とりあえず……桃と、レモンと……！」

紗の布を広げて手近なところからかけていく。しかしバルクが言うように、広大な果樹園すべてを覆うだけの布はない。

「目が痛いよ！　ユキ、作業場に戻ろう！」

バルクに腕を摑まれた。引きずるように作業場に戻される。

「どうしよう……」

このままでは果樹園は全滅だ。じっちゃんにどう詫びればいいのか……。

ユキは呆然と、黒い毒汁に打たれてしおれていく果樹たちをなすすべもなく見つめる。

その時だった。

ルゥゥゥラアァァァァァァ——高く細く、空を切って叫び声が届いた。

黒雲で覆われた空の一角が、ぼんやりと明るい。その明るさは徐々に強く大きくなって、雲が払われていく。

「鳳王さまだ！」

バルクが叫ぶ。

本当だった。

黒雲を裂く光の中心に鳳王がいた。供も連れず、ただ一羽で、大きく広げた翼を波打たせ、浄化の金粉をまいて飛ぶ鳳王が。けれど、その純白の羽は黒い雲としずくを浴びてくすみ、よごれている。

「エル……！」

ユキは思わず雨の下に飛び出していた。

これまでのように、空に鳳王の姿を見るたび感じていた誇らしさと感謝のせいではない。

むしろ真逆の……。

「やめて、無理をしないで……！」

いくら叫んでも届かないだろう。しかし両手を握り合わせて、ユキは叫ばずにいられなかった。

イィエアァァァァァァ……凰王が細く長い首を打ち振る。瘴気を祓おうとする必死の姿に涙が出そうになる。

上空からユキの姿が見えたのか。一瞬、凰がこちらを見たような気がした。直後、白い翼がより大きく羽ばたいた。金色の粉が散る。

「やめて！　エル、もう……！」

ユキがどれほど叫んでも、凰王の翼が止まることはなかった。

涙と雨で顔を濡らしながら、ユキはその姿が消えるまで、ただ見ていることしかできなかった。


「凰王さま、すごいね、すごいね！」

興奮したバルクが水たまりを跳ね回る。

黒い雨はいつしか透明な美しいしずくに変わり、爛れた葉や実はさすがにもとに戻りはしなかったが、瘴気の混ざった水はすっかり洗い流され、果樹はいつもの元気を取り戻している。川の流れももう濁ってはいない。

ユキは作業場の椅子に座り込んでその様子を眺めていた。バルクのように手放しではしゃぐ気分にはとてもなれなかったからだ。

「そういえば、ユキ、エル、やめてって叫んでたけど、あれはなに？」

「あ……」

バルクに無邪気に問いかけられて、ユキはその時初めて、これまでエルがバルクに姿を見せていなかったことに気づいた。——偶然ということはないだろう。エルはエルで、みずからの身分をわきまえて、必要最低限の相手にしかひとの姿を見せずにいたのだ……。

「あの……」

話しかけて言葉に詰まった。バルクに隠しておきたい理由などない。誠実で、純朴な友。しかし、鳳王と凰の関係や、鳳王がひとの姿で街に降りてきていたことをぺらぺらしゃべっていいものだろうか。

言いよどむユキをバルクはしばらく不思議そうに見ていたが、

「言いにくいことならいいよ」

とにっこり笑ってくれた。

「そのうち、話せるようになったら、話してね」

「あ、ありがとう！　絶対……絶対いつか、バルクには話すから……！」

「うん」

うなずいたバルクの後ろから人影が現れたのはその時だ。

「やあ、お邪魔するよ」

カラールだった。屈強な兵士を数名、したがえている。

「カラールさま！」

ユキははっとして立ち上がった。このタイミングでカラールが現れた理由など、ひとつしか思いつかない。

「エル……鳳王さまになにか……」

「君も見たかな。黒い雨の中、陛下がおひとりで浄化のため、飛ばれていたのを」

こくこくとうなずいた。

「鳳王さま……ふらふらになっていらして……」

「穢れがひどすぎると、みなでお止めしたんだが聞き入れてくださらなくてね。なんとか戻ってはこられたが、城の手前で落下されて、意識が戻らない」

「っ」

みぞおちに冷たいこぶしを入れられたような衝撃があった。その言葉だけで涙がにじみそうになる。

「陛下には叱られるだろうけれど、君を城に連れていきたい。ダメかな」

「ダメじゃ……ないです。おれでよければ、連れていってください……！」

「ありがとう。そう言ってもらえるとありがたい」

カラールはかたわらで目を真ん丸にしてふたりのやりとりを聞いていたバルクに目を止めた。

「あ、バルクです！　果樹園の仕事を手伝ってもらってます！　……バルク」

王宮に行くなら、留守を頼まなければならない。

「おれ、王宮に行かなきゃいけないんだ」

「そ、そうみたいだね」

「行ったらしばらく帰ってこられないかもしれない。果樹園のこと……」

「うん。ユキほどにはできないけど、ぼく、がんばるよ。こっちのことはまかせて」

そう言ってもらえれば安心だ。

ユキはカラールを振り返った。兵たちがブランコのようなものを用意していた。平たい座席が四方からロープで固定されている。この前のような鳥カゴではないのは、ユキの意思を無視して王宮に連れていくつもりはないという意味なのか。

うながされてユキがその座席に座ると、四本のロープを肩にかけて、兵たちが鷲に姿を変える。カラールも大鳥に姿を変えた。ユキを乗せて、座席がふわりと宙に浮く。

「ユキ、行ってらっしゃい！」

バルクに手を振り返し、ユキは果樹園をあとにした。
（エル）
行ったらまた、あの黒檻に閉じ込められるのだろうかとか、いつ帰ってこられるのだろうかとか、そういうことは一切気にならなかった。

ただただ、心配なのはエルのことだった。意識が戻らないというが、命に別状はないのだろうか。自分が行って、本当にエルを元気にすることができるのだろうか。

思い悩むあいだに、兵鳥たちの力強い羽ばたきに運ばれ、王宮へと着いた。

『王の寝室へ』

カラールがユキを運ぶ鷲たちに指図する。

鳥人は鳥になった時には頭の中に直接響く「声」を使って、意思の疎通ができる。

『緊急事態だからな。礼儀や慣例には目をつぶってもらおう』

カラールの指示でユキが降ろされたのは、王宮の奥深く、美しい中庭に面した広いバルコニーだった。

『では、わたくしたちはこれで』

兵たちは鷲の姿のまま、片翼を広げて頭を垂れる礼をして、飛び去っていく。

カラールにうながされてユキがバルコニーに面した大窓に歩み寄ると、内側から窓が開いた。スラーが顔を出す。

「待っていたぞ」

「陛下のご様子は」

「変わらずだ」

カラールと短くやりとりして、スラーはユキへと顔を向けた。丁寧に一礼をくれる。

「お呼びたてして申し訳ありません。お力をお貸し願えればと思い……」

「お、おれにできることがあるなら……」

窓から中へと招じ入れられた。

そこは白と金でまとめられた、豪奢で広い部屋だった。中央に高い天蓋のついた大きな寝台があり、そばでスラーと同じように白い帽子に白い長衣を着た男女が立ち働いている。

「こちらへ」

寝台へと案内された。天蓋から垂れる薄絹のあいだから、スラーとともに中をのぞく。

「陛下。ユキ殿がいらしてくださいましたよ」

青い顔のエルが、枕と上掛けに埋もれるようにして眠っていた。眼窩（がんか）はくぼみ、プラチナブロンドの豊かな髪さえ、くすんで見える。

「エル……鳳王さま……」

その血の気のない頬と唇がいたわしくて、思わず手が伸びた。

こんなにやつれ、憔悴するまで、エルは力を振りしぼって天鳳界を瘴気から守ってくれたのだ——胸の奥から喉元へと、きゅうっと引きつるような痛みが走る。

目をさましてほしい。また笑って、ユキが丹精した果物や作った料理を行儀悪く口いっぱいに頬張って、「おいしいな」と言ってほしい……。

手でそっと触れたエルの頰は冷たくて、命の火が消えかけているかのようだ。視界が涙でにじむ。

と……。

「陛下！」

ゆっくり、とてもゆっくりだったが、長いまつ毛を震わせながら、エルが目を開いた。

バイオレットの瞳が現れる。

「エル！」

ユキは身を乗り出し、そしてあわてて、

「鳳王さま！」

と言い直した。

「……ユキ……？」

状況が摑めないのか、エルの瞳がユキからスラー、そして天蓋へと向けられた。

「なぜ……おまえがここに……？」

かすれた声での問いかけに、

「陛下は城にお戻りになられる直前、気を失われて落下されたのです。気つけの薬なども使いましたが、目をさまされず……僭越(せんえつ)とは存じましたが、ユキ殿をお呼びしました」

「……よけいな、ことを……」

「よけいではございませんよ」

寝台の反対側からカラールがむっとした様子で口を挟んだ。エルの目がうろんとそちらに向けられる。

「わたくしたちがどれほどお呼びしても陛下は目をさまされなかったのに、ユキ殿が手を触れただけですぐに気がつかれた。陛下にとって、凰であるユキ殿はやはり特別な存在だということでしょう」

そしてカラールはスラーになにごとか目くばせした。スラーがうなずく。

「ではユキ殿。あとはおまかせいたします。わたくしたちは隣室に控えておりますので、なにかありましたらお呼びくださいませ」

そう言って、そっとユキの両肩に手を置くと、スラーたち医師団とカラールは扉続きの隣室へと消えていく。

(まかせるって……なにをどうすれば……)

ユキはとまどうしかない。

「あやつらの言うことなど、聞くことはないぞ」

エルだった。声がかすれている。

「俺はしばらくこうして休んでいれば元気になる。おまえは帰れ」

「元気……」

なにを言い出すのかとユキはエルを見つめた。

「鳳王さま……もうずっとお元気じゃないでしょう？　今こうしてお会いしても……痩せられて、とても疲れていらっしゃるように見えます」

語気強く言うと、エルはふいっと視線をそらした。

「おれがお届けしていたスープや果物も、本当にちゃんと召し上がっていらっしゃったんですか？」

「それは食べていた！」

エルがむきになったように言い返してくる。

「全部ですか？　きちんとですか？」

追及すると、バイオレットの瞳がまた横へそらされた。

「鳳王さまはご無理をしすぎなのではないですか？　人間界の瘴気がひどくて、鳳王さまご自身だっておつらいのでは……」

「天鳳界と人間界を浄化するのが俺の務めだ。俺はそのための霊力を授かって生まれてきた。なのに近頃、からだが重いことが多くて、ついつい務めをサボってしまっている。だからあのようにひどい瘴気が……」

「それはちがうでしょう！」

思わず大きな声が出た。

「鳳王さまはがんばっていらっしゃいます！　鳳王さまがサボられているんじゃなくて、人間界の穢れがそれだけひどくなってきてるということなんじゃないんですか！」

ユキはせつなくなってぎゅっとこぶしを握った。

この天鳳界の誰も、鳳王がサボっているなぞとは思っていない。人間界の穢れがひどくなってきていることも、誰もが知っている。

ただ、鳳王そのひとだけが、すべてを自分の力不足だと考えている――。

たまらなかった。

エルが自分を責めるのも自分が怠け者だと言うのも、すべて、鳳王としての強烈な責任感が言わせているのではないのか。

「おまえは俺を……いや、俺ではないな、鳳王を買いかぶっているのだ」

エルの口元に皮肉な笑みが浮かぶ。

「鳳王は敬愛するべき対象だと幼い頃から刷り込まれているだけだ」

ちがう。そうじゃない。

ユキはこぶしに握った手にさらに力を込めた。しかしここで、いくらエル自身もがんばっているのだと褒めてもねぎらっても、それではエルは回復できない。

(おれに、なにができる？　鳳王さまのために、なにが……)

凰とつがいになれば、鳳はさらに強大な力を持つ鳳凰になると聞かされた。鳳を浄化し、新たな力を与えることが、凰にはできるのだと……。

そうだ。あの時、キスをしただけで、エルは少しばかり、元気になったように見えた。

——ならば、キスだけではなく、もし、肌を重ねたなら……？

この天鳳界を守ってくださっている鳳王さまに、自分ができることがある。

心を決めたとたん、これまでの人生でかつてなかったほど、鼓動が速く大きくなった。ドキドキしすぎておかしくなりそうだ。けれど……ためらっている場合じゃない。

「……失礼いたします」

自分で自分を鼓舞して、ユキはエルが横たわる寝台に、膝をついた。乗り上がる。

「ユキ？」

目を見張るエルにゆっくりとかがみ込んだ。震える両手で頰を挟む。

そして、ユキはエルの唇にそっと自分の唇を押し当てた。

エルにされたキスを思い出して、同じようにしてみる。

不思議なことにそうしてエルに触れていると手の震えがおさまってきた。胸も少しばかり落ち着く。

唇をついばみ、吸うようにして……舌を出してエルの唇を舐めた。

「……っ……」

軽く胸を押された。エルが顔をそむける。

「やめろ、こんな……」

うまくできていない自覚はある。エルの動きはもっとなめらかで、されていても心地よかった。でも……。

「いやがらないでください」

小声で頼む。

「少しでも元気になっていただきたいんです」

願いを込めてもう一度唇を重ねた。

からだを起こし、シャツのボタンをはずした。

「お見苦しいものをお見せしますけど」

一言ことわりを入れて、シャツを両腕から抜く。

エルの目が丸くなっている。はしたないと思っているのだろうか、ずうずうしいと思われているのだろうか。

自分からエルの前に肌をさらす行為に、顔が焼けつくように熱くなる。

恥ずかしくて、いたたまれなくて、大声を上げて逃げ出したくなる。けれど……。

今、これだけダメージを受けてつらそうなエルに自分ができることはほかにない。

「ユキ……」

なにか言いかけるエルの手をとった。

(元気になって)

自分の頬に押し当てた。すりっと頬をこすりつける。

「っ……」

エルが息を飲んだ。

しかし、ここからどうすれば……。

男と女が褥でなにをするのか。女性のからだとは異なるつくりの男性が同じ男性と睦み合う時に代わりにどこを使うのか。そういった知識はグループで流浪しているあいだに、自然に知る機会があった。だが、実際に「そこ」までどうやってもっていけばいいのか。

そういう行為を垣間見た時、男は女の乳房を揉んだり吸ったりしていた。

男の平たい胸でも、やはり同じようにしてもらったほうがいいのだろうか。

ユキは頬に当てていたエルの手をおずおずと胸へとずらせた。エルの冷たい手の平が胸の尖りに触れて声が出そうになるのを、なんとかこらえる。

「……あ、あの……」

手で触れさせることはできるが、吸ってもらうにはどうすればいいのか。いや、そもそも、こんなふうに押し当てさせているだけで、意味があるんだろうか。

どうしていいかわからない。

「つがうには、ここからどうすれば……」

ぐっとエルの喉が鳴った。その目に強い光が宿る。

「ここまで煽(あお)られては……」

呻くような声で言い、エルがからだを起こした。同時に腕を摑まれ、ぐいっと引かれる。

「え、あ！」

鮮やかな動きだった。あっと言う間に、からだの位置を入れ替えられた。

「…………」

ユキは呆然と、自分を見下ろすエルを見つめる。

(これ、前にも……)

初めて会った時も、この角度と姿勢で、ユキはエルに見下ろされていた。

だが、ユキを見下ろす瞳に浮かぶ光はその時とはちがう。

きつく、咎(とが)めるようだった表情は、今はどこか苦しげで、そしてつらそうでさえある。

どうしてそのようなお顔をなさるのですか。

問いかけは声にならなかった。

「……本当に……おまえを俺のものにしていいのか」

つらそうな表情のまま、逆にエルに問いかけられた。

「は、はい！　もちろんです！」

勢い込んでユキはうなずいた。

「おれなんかで申し訳ないですけど……あの、それで鳳王さまがお元気になられるのなら、どうぞ……！」

エルの眉間にくっとしわが刻まれた。が、その口元はわずかに笑みの形に持ち上がる。

「では……もう遠慮はせぬ。ありがたくいただくぞ？」

まだ身分も知らず、果樹園でエルを迎えていた時のような、冗談めかした口調だった。

「はい、あの……お口に合うかどうか、わかりませんが」

同じように笑みを浮かべて軽い調子で返したかったが、声が震えてしまった。

「…………」

エルは一度きつく目を閉じ、そして、ユキに覆いかぶさってきた。

上から強く抱き締められる。

その背を抱き締め返そうと、腕が勝手に動きかけた。

持ち上がりかけた腕を、ユキはきゅっと力を込めて止めた。相手は鳳王だ。いきなりふらりと果樹園に現れて、勝手に桃を食べ、食事をねだった「エル」ではない。

（あ、だめだ）

抱き締められて、同じように抱き返すなんて無礼じゃないか。

「ユキ……」

からだに力が入ったのが伝わったのか、エルの腕がゆるんだ。

「すまぬ。なるべく、優しくするから」

見下ろす瞳がせつなげに揺れている。

いやがったと思われた。それはわかったが、ではなんと言えばいいのか、ユキにはわからない。

「鳳王さま……おれなら、大丈夫ですから」

好きにしてくださっていい。鳳王さまのお役に立てるなら、こんなうれしいことはないのですから。

その思いが伝わったのか、エルはまた一度、目を閉じた。

唇が重ねられる。

ユキから仕掛けた稚拙なキスとはちがう、唇で唇を食む、最初から濃厚なキスだった。

ちゅ……ちゅ、くちゅ……。

何度も唇で唇を挟まれ、吸われ、そのたびに潤みを増す互いの唇から、秘めやかな水音が立つ。

キスは二度目だ。だが慣れるどころではない。エルの体重を感じながらの口唇での愛撫に、一度はおさまりかけていたユキの心拍はまたどんどん速くなり、体温も上がる一方だ。そんなところに舌を入れられて、頭の中まで一気に熱くなった。

「ん、……っふ……」

舌で舌をねぶられた。

舌先で舌先をくすぐられ、かと思えば、ねっとりと大きく掻き回すように舐められる。

「っ……ん、んん……」

ユキは無意識のうちにエルのブラウスの袖を摑んでいた。さっきまではあった鳳王への遠慮がいやらしいキスに飛んでしまう。

ようやくエルの唇が離れた時には、大きく息をついてしまった。だが、ほっとするのは早かった。

ユキの唇から離れたエルの唇は、ユキの頤をすべり、首筋をたどり、そして、さっきユキがエルの手をみずから導いた胸でようやく止まった。

「あ！」

赤い肉芽をエルの唇についばまれ、思わず高い声が上がってしまった。じん、と疼きのような、くすぐったさのような、不思議な痺れが走る。

しかもそれは一度で終わらなかった。

「あ、そ、そこ……あ、だ、だめです……！」

何度も何度も繰り返し、唇で尖りを挟まれ、そればかりかくちゅくちゅと吸われて、ユキは背をそらして悶えた。

「……なにが、だめだ？」

エルが胸から顔を上げる。見下ろすと、エルに吸われた乳首がぷっくりと赤く熟れて、いやらしく濡れている。――雨に濡れたナツグミは可愛いだけなのに、どうして乳首はこんなにいやらしく見えるんだろう……？

「あ、あの……えっと……そんなふうにされると、変な声が出てしまいます……」

ふっとエルの口元がゆるんだ。皮肉でも、せつなげでもない、柔らかい笑みだ。

「出せばいい。ほかには誰も聞いていない」

でもエルが聞いてるだろ。

そう言い返したかったが、ユキは反論を飲み込んだ。代わりに、「はい」と小さくうなずく。

「……おまえのここは……ナツグミの赤い実のようだな……」

同じことを連想していた。うれしいけれど、唾液をまとわせた肉の実を今度は指で摘まれて、ユキは「ひ」と高い声を上げることになった。

くにくにと揉み込まれ、柔らかく引っ張られる。

「んんん……あぅっん……」

唇の柔らかでぼんやりした刺激とはちがう、指によるダイレクトではっきりした刺激に、そこはじんじんと痛いほどに硬くなり、ユキはせつなく背を波打たせた。

女性のように豊かな乳房がなくても、触れているエルの唇も指も熱心だ。それは喜ばしいが、細やかに動く指先にユキの胸の奥にはもやっとしたものが生まれてきた。

(豆をむく時にはあんなに不器用だったのに……)

なぜ今はこんなに繊細で的確な動きができるのか。恋人はいないと言っていたけれど、過去にこういう行為をしたことも、本当にないのだろうか。

「あっ……」

少し強く、きゅっと乳首を押しつぶされて、ぱっと鮮やかな快感が散った。ズボンの下で性器が疼く。いつの間にか己のそこが熱を孕んで勃ちかけていることに気づいて、ユキはあせった。もやっとした小さな疑問など飛んでしまう。

その上、エルの手は胸から離れ、股間へと下がっていく。

「あ、ち、ちがいます……あの、これは……アッ……」

ふくらみかけていた肉茎を布越しに握られた。ジン、と新たな快感が湧く。

さっきまで冷えていたエルの手はいつの間にか血のぬくもりを取り戻していて、そのあたたかさが布を通して敏感な秘所に伝わってくる。

「ふ……っ」

もっときつく、もっとしっかりした刺激がほしい――布越しに握られているだけの状態にせつない疼きが腰の奥に生まれる。しかしそんなことをねだるわけにはいかない。

(鳳王さま相手に、おれ……!)

はしたないにもほどがある。

ユキはもどかしいばかりの快感をぎゅっと唇を噛んで耐えた。

「………」

声なき声が聞こえたような気がして、エルが顔を近づけてきた。唇に小さいキスを落とされる。目を見交わした。

(エル)

呼び慣れた名を呼びたくなる。

(エルは恥ずかしくない? エルは平気? おれとこんなことして……)

尋ねたい。確かめたい。

だが、そんな不敬が許されるはずがない。

エルの目がくっと細くなる。ベルトをゆるめられ、ズボンと下着をくぐって下腹にじかに手がすべらされてきた。

「あ、ん……ッ」

これまでひとにそんなところを触れさせたことはない。からだの中でも柔らかく、そしてさらけ出すことの少ない部分にエルの手が触れる。

「……っ……あ」

くすぐったい。ドキドキする。だめだよ、そんないやらしいところ。いやちがう、いやらしいところだからこそ、もっともっとさわってもらいたい——羞恥とためらい、相反する欲求が、ユキの頭をなおのことぼうっとさせる。

細茎を、今度はじかに握られた。

「ひうぅぅ……ッ」

布越しの愛撫に、もう硬く漲っていたユキの性器は、エルの大きな手に包まれて、それだけで爆発しそうになる。

じゅん……と先端から熱い雫が溢れた。

そのぬめりごと、自分でやる時よりもはるかに的確に、そして大胆に、エルの手にしごかれた。ぬちゅぬちゅと先走りの露が淫らな音を立てる。口を両手で押さえても、その下からひっきりなしに快感を訴える淫らな声が上がってしまう。

「やあッ……あんん……ん、んあ……んふぅ……ッ」

　そういった刺激に慣れていないユキの昂ぶりはすぐにも限界を迎えそうだった。

「だ、だめ……あ、出る、出ちゃう……っ」

　頂点が近いことを訴えた。鳳王の手を己の欲望でよごしてはいけない。その思いからの必死の訴えだった。が、言葉と裏腹にユキの腰はエルの手を喜んで浮き、揺れていた。ためらう理性と快楽を追うからだは別物で、どうしようもない。

　しかしユキの言葉に、エルはユキの興奮を煽る手を止めてしまった。肉茎からもあたたかい手が離れていく。

「え……？」

　突然放り出されたような心もとなさにユキは声を上げた。中断された刺激が恋しくて腰がエルの手を追いそうになる。

　エルはからだを起こすとユキのズボンに手をかけた。下着ごと引きずり下ろされる。

「あ！」

　そんな。

　上半身はみずから脱いだが、下半身を剝かれるのはまた別問題だ。全裸にされてユキはあわてた。

「み、見ないで……！」

　両手で股間を覆い、からだを横にする。

「美しいものを見るなとはなかなか酷だな」

熱っぽい視線で全裸のユキを犯しながら、エルは着ていたブラウスを勢いよく脱いだ。

ユキの褐色の肌とは対照的な、透明感のある白い肌が露わになる。服を脱ぐと意外に肩幅が広く、胸板も厚い。

「う、美しくないです！　鳳王さまのほうが……」

よほど美しい。

エルはユキを背後から抱き込むように横たわると、ユキが隠している股間へとふたたび手をすべらせてきた。

中断されていた愛撫が再開される。

「んんん、あ、あ、あッ――」

股間だけではない、後ろから抱くように腕が回され、乳首も同時に弄(いじ)られた。

「いやッ――……！」

性器をしごかれる、絶頂につながる大きく強い快感と、胸の尖りへの、気持ちのよさだけがいつまでも拷問(ごうもん)のように続く湿った快感。その両方を同時に与えられて、ユキは耐えきれずエルの手を上から押さえた。

「だ、だめ、だめです！　やめ、……おかしく、なるっ……」

しかし、その制止が逆にエルを煽ったのか、やめるどころか、愛撫の手はいっそう熱心になった。

悦楽の波が荒れ狂い、いやらしい声が止まらなくなる。うねりのような「快感」がユキ自身さえ飲み込むほどに大きくなって、頂点が迫っているのが本能的に察知された。

「ほ、ほんとに……ほんとにもおっ……！」

どうにかなりそうなほど、気持ちがよかった。あとは果てるしかない――官能の頂きを迎えて、ユキは先端の小さな穴が大きく広がるような錯覚をおぼえた。

「んあああああ……っっっうん――っ」

だくだくと熱いものがほとばしり出る。胴が震え、腰が勝手にひくついた。

からだをふたつに折って、足でシーツを掻き、ユキは頭の芯が真っ白に焼けるような、耐えがたい快感に奥歯を噛み締める。

「んんふうぅ……ぅ……」

絶頂は長く続いた。どれほどそうして、からだを強張らせ、大きな愉悦に呑み込まれていたのかわからない。

ど、ど……耳に響くほどに大きな心音がわずかばかりゆるやかになって、ようやくユキは自分が鳳王の手の中に精を吐くという、とんでもないことをしでかしたことに気づいた。

「あ、あ……ごめ、申し訳ありません！」

急いで起き上がって手をお拭きしなければ。そう思うのに、深く濃い快感の余韻にからだは思うように動いてくれない。

じたじたしていると、

「なにをあやまる」

いくぶんむっとした様子で、後ろからぐいっと腰を引き寄せられた。

脱ぎ捨ててあったブラウスをとると、エルは手早く濡れた手を拭き、ユキの肩口に顎を乗せてきた。

エルの胸がぴたりと背に押しつけられる。いつの間に全裸になったのか、下半身も肌が直接触れている。それだけでも落ち着かないというのに、ユキの臀部には硬く熱いものが当たっていた。「それ」がなんなのか、見ずとも聞かずともユキにだってわかる。

(興奮してる……)

エルが、鳳王さまが、自分なんかに……。そう思うと、一度はおさまりかけた鼓動がまた大きく速くなった。

「おまえは俺とつがってくれる覚悟をしたのだろう。つがいとなるのに、そんなことをなぜあやまる」

責める口調で問われる。

「あ、あの……い、いくらつがいになると言っても……鳳王さまは、鳳王さまでいらっしやるんですから、そのお手をよごしてしまって……」

「ならば」

声が低くなり、少し寂しげな色が声音に混ざった。

「果樹園に無断で立ち入ったエルが相手ならば、おまえはあやまったりしないか」

「え……」

エルが相手なら。でもエルは鳳王さまだったのだし、それは……。

ふっとエルが鼻で笑った。

「ただのエルが相手なら、そもそもこんなことに応じてはいないか。しがらみが消えるわけではないからな」

投げやりにも聞こえる口調だった。

しがらみとはなんのことだ？　とまどっているあいだに、肩口に手がかかった。仰向きにされて、エルに組み敷かれる。

ユキを上からしっかりと見据えながら、エルは手をユキの股間へ、さらに脚のあいだの谷間へと差し入れてきた。

「あ！」

あせって見下ろすと、エルの剝き出しになった股間のものが目に飛び込んできた。肌で感じたものより、それは猛々しく、そして大きく見える。

「……立場にものを言わせる俺を、軽蔑するか？」

せつなげな問いかけだった。ユキは目を見張り、そしてあわてて首を横に振った。

「ほ、鳳王さまを軽蔑するなんて、そんなこと……！」

エルの顔にとても寂しそうな笑みがよぎった。

「おまえは二言目にはそれだな」

「……………」

なぜそんな寂しそうな笑い方を……。問いかけようとしたその時、深い谷間に息づく蕾に男の指が触れた。

びくりとからだが震える。

（怖い）

知識はあっても、そこを他人にさわられたことも、もちろん、男に拓かれたこともない。目にした男の猛りと、あまりにつつましやかに感じられる己の秘孔との差が怖くなった。本当にこんなところであの肉の剛直を受け入れられるものなのか。

エルがなにごとかはかるように目を細めた。

「このままでは……」

ひとりごちて、寝台を下りていく。

どうするのかと見るユキの視線の先で、エルは寝台脇の小卓の引き出しを開けた。中から綺麗な小瓶を取り出す。

「本来の用途はちがうが……香油だ。使えるだろう」

なにに？　と聞くほどもの知らずではなかった。

怖い。逃げ出したい。けれど……。

黒い雲に阻まれながら、ひるまず、我が身をかえりみることなく、浄化のために翼をはためかせていた鳳王の姿を思い出す。気高く、貴い、天鳳界の至宝。

そのひとの役に立てる。

これ以上の喜びがあるだろうか。

ユキは自分の恐怖心をぐっと抑えて、うつ伏せになった。

「こ、このほうが……男同士はつながりやすいと聞いたことがあります……」

羞恥をこらえて告げる。

肩越しに、一瞬目を見開いたエルが手で口元を覆って横を向くのが見えた。

（あきれられた⁉）

お尻が丸見えになるように突き出している自分の姿勢があまりにみっともないことに改めて気づく。

「あああ、あの……」

あわてて上体を起こしかけたところで、「そのまま」と後ろからやんわりと抱き止められた。

「なかなか刺激的なかっこうだな」

からかうような口調だったが、ユキの肩を撫でる手も、後ろからうなじに這わされた唇も熱っぽい。

「あ……」

唇が這う首筋からぞくぞくしたものが背を走り、ユキは細い声を上げた。

「そのまま……しばらく俺にまかせてくれ」

四つん這いでいるように言われてしまう。

いまさらの恥ずかしさをこらえて、ユキは「はい」とうなずいた。

キュポン、小瓶のふたがはずれる音がし、ついで、油をまとった指で双丘の奥を探られた。すぼまりに油が丁寧に塗りつけられる。

「大きく息をしていろ。力を抜け。……といっても、緊張するだろうな？」

「は、初めてですので……」

「……これまでよい仲になった相手はいないのか」

「もてませんから……」

冗談めかして笑おうとしたが、声がうわずった。

「果樹の世話でいそがしく、よそ見をしている余裕がなかったのだろうな。……俺にとっては幸運だが」

（エルは？）

できることなら、そう聞き返したかった。エルの愛撫におぼえた疑問がよみがえる。

以前、『愛さねばならない相手がいるから、軽挙妄動はつつしまねばならない』と言っていたけれど、本当にこれまで一度も恋をしたことはないのだろうか。心を動かされたことは？　これまでこういう行為をしたことは？　そして今は？　気になるひともいない？

聞きたい、確かめたい。けれど、気安く踏み込むには凰王は偉大すぎる。

（おれなんかが気にしていいことじゃない）

凰として凰王のつがいになること。自分の役目はそこまでだ。スラーが言っていた通り、いずれエルは身分に合った相手を妃に迎えるだろう。そういうことなのだ。

「アッ……ん！」

つぷ……指が一本、油のぬめりを借りてすぼまりの中に沈められてきた。肉の狭い環を異物が通っていく。

「……んん……」

「苦しいか、痛いか」

「い、いえ……大丈夫です……」

違和感はあるが、耐えられないほどではない。

エルはゆっくりと指を抜き差しする。いったい今、エルの目になにが映っているのか、想像すると顔から火を噴きそうだったが、それよりも、すぼまりの円環が徐々にゆるめられて広がっていくような感覚のほうが気になった。

指が増やされたのか、より広く、深く、男の指を食んでいるのがわかる。

「ん、ん……あん……ッ」

深部をえぐるように指を動かされると下腹の奥から不思議な疼きが生まれる。ざわりと全身の肌が粟立ち、声が勝手に上がってしまう。

「……いいか？」

低い声で問われる。なんの許可を求められたのかわからぬまま、ユキはこくこくとうなずいた。

その問いがどういう意味のものだったのか、ユキが理解できたのはすぐだった。

指が抜かれ、代わりにもっと大きなものが秘孔に押しつけられてきたのだ。熱く、硬い、エルの漲りが。

無理だ、と感じた。こんな大きな、こんな硬いもの、受け入れられるわけがない。

恐怖が肌の内側を走った。――怖い……！

しかし、そんなことを口には出せない。ユキはぎゅっと固く目を閉じた。来たるべき痛みを耐えるために。

腰を摑まれて、ぐっと体重をかけられた。

「んあああ――……！」

秘所を強い圧力で押し開かれた。肉の環が無体に破られ、隘路を拡げられる。

たまらなかった。

雄の剛直は太く長く、貫かれる痛みと苦しさはそれまでユキが知らぬものだった。

「ああぅぅ……ッッ」

秘部に男性自身を飲み込まされる――その苦痛に、ユキは力いっぱい、シーツを握り締める。

「ユキ、ユキ」

心配そうな声音で呼びかけられた。背にエルの上体が重なる。

「つらいか」

ここでうなずいたら、エルはきっと引いてくれるだろう。案じる気配の強い問いかけに、ユキは首を横に振った。笑顔を作って、肩越しにエルを振り返る。

「だい、じょぶ、です……ん、あ……な、慣れてないだけで……平気、です……」

だからやめないでください。

白く関節の浮いたこぶしを上から握られた。しっかりと霊力を回復させてください。

「――すまぬ」

ゆっくりと抜き差しが始まった。

男が果てるまで、ユキはひたすらに痛みを耐えた。

「大丈夫か」

声をかけられて、ユキは薄く目を開いた。

エルが離れていき、それまでがんばっていたユキはくたりとそのままうつ伏せになった。

もう指一本動かすのも億劫(おっくう)で、エルがごそごそとなにかしてくれているのは感じたが、どこか遠い世界のことのような気がして動けなかった。

仰向けにされて優しく上掛けをかけられた。「大丈夫か」と尋ねられたのは、その時だ。

額に垂れかかる髪を指で梳(す)かれた。

「……鳳王さま……」

目に映るエルの姿に、ユキはほっと安堵の笑みを漏らした。

しおれかけていた花が、水を与えられてその張りと美しさを取り戻すように。エルの肌はみずみずしさを取り戻し、髪も艶やかに、顔色もよくなっていた。

全身真っ黒で、長い冠羽と尾羽を持つ鳥。黒鳥は不吉だから捕らえられると噂されていたが、まさか鳳王を癒し、力を復活させることができる存在だったなんて……。

自分がその凰だとはいまだに信じがたい。しかしエルは実際にユキと「する」前と後では見ちがえるほど元気になった。

「よかった……ご気分はいかがですか？」

エルの頰に手を伸ばしかけ、いやいや、気安く触れていい相手ではなかったと気づいて、あわてて引っ込める。

「俺よりおまえだ。……すまない、つらかったろう」

「いえ、大丈夫です。おれ、丈夫ですから」

「…………」

エルはせつなげに目を細めると、ユキの頰を指の背で撫でた。

「――ありがとう」

礼を言われる。

「おまえのおかげだ。……久方ぶりに、からだに力が戻ったようだ」

「なによりでございます」

心からそう言ったのに、エルは目を伏せて小さく溜息をついた。

「……腹はすいていないか。なにか持ってこさせよう。それとも先に風呂に入れてやろうか」

「風呂にって……鳳王さまがですか⁉」

「ほかに誰がいる」

むっとしたように言われる。

「かかえて湯に入れてやろう」

「そんな……鳳王さまにそんなお手間はおかけできません！　お風呂ぐらい、ひとりで入れますから！」

「わからんやつだな。手間をかけたいのだ」

目をすがめて言い、エルは身を起こすとガウンをまとった。「え、え」とうろたえるユキを上掛けでくるむと、軽々と抱き上げる。

「エ……鳳王さま！　おろし、おろしてください！」

「うるさい。あばれるな」

と命じて、エルは大股に部屋を横切った。カラールと医師団がいる隣室につながる扉とは反対の扉を肩で押し開ける。

その部屋に入ったとたん、もあっとあたたかく湿った空気に包まれた。ひとの背丈ほどの、大きな葉を持つ南方系の植物が所狭しと並べられた奥に、大の男が十人は入れそうな、大きなプールのような浴槽があった。中央の水瓶から湯気を立てて湯が溢れ続けている。

どこからともなく、下僕が現れた。

「陛下、湯あみのお手伝いを」

「今日はいい。俺と、この者の着替えを用意しておいてくれ。カラールたちに、軽い食事の支度も頼んでほしい」

「かしこまりました」

グリーンの陰に下僕が消え、浴槽のそばでユキはようやく下ろしてもらえた。だがほっとする間もなく、ガウンを脱いでふたたび全裸になったエルにまたすぐ、抱え上げられた。

「な……あ、あの、風呂ならおれひとりで……！」

「あばれるな。落とすぞ」

あわてるユキにすげなく言って、エルは湯舟へと足を入れる。

鳳王に抱かれたまま、湯に入る——当然ながら、エルの目にユキのからだは丸見えだ。湯の中とはいえ、恥ずかしすぎる。

少しでもエルの目に触れる部分を小さくしたくて、ユキは肩をすぼめ、両腕をさりげなくからだの前で合わせて太ももで挟み込んだ。

そんなユキの首筋や肩に、エルは優しく湯をかけてくれる。

「……せっかく湯に入っているのだ。そうからだを小さくすることはないぞ？」

「は、はい……」

湯温は心地いいあたたかさで、油断するとからだの力がふわっと抜けていきそうだ。しかし、鳳王の腕の中でくつろげと言われてもむずかしい。

エルはそんなユキの緊張と恥じらいを少しでもゆるめようとしてくれるのか、湯の中で柔らかく、ユキのからだを大きな手で撫で洗ってくれる。

その手が自然な感じでユキの太ももを撫で、そして下へと回った。

「痛むか？」

触れるか触れないかほどのタッチで、双丘も洗われた。正直に言えば、ついさっき、男に貫かれた秘所に湯が沁みたけれど、ユキは黙って首を横に振った。しかし、その嘘はすぐにばれたらしい。

「……すまなかった。おまえの心はわかっているのに、夢中になってしまって……」

大切なものをいつくしむように肩を抱く手に力がこもる。ユキを見つめるバイオレットの瞳はどこまでも優しい。

『おまえの心はわかっているのに』という言葉に少し引っかかったが、それを圧倒して、恥ずかしくて、でも甘い、不思議な疼きが胸に満ちた。

(勘ちがいしちゃだめだ)

その照れるような甘さを、けれどユキはぎゅっと胸の奥に押しやる。

これは、この優しさは、「愛する努力」だ。凰として大切な「運命の相手」である凰を、エルは愛そうとしてくれているだけだ。「大切にすべき相手」だとエル自身が言っていたように。

「あ、あやまらないでくださいませ」

自分を見つめる夜明けの紫色から目を伏せた。

「鳳王さまのお役に立てたんです。こんな光栄なことはないです」

「……鳳王さまの、お役か……」

エルが重い溜息をつく。

「確かにおまえのおかげで、こんなに一気に回復することができたが……」

「はい、それがなによりです」

心からそう言ったのに、エルは首を横に振る。

「しかし、おまえのからだに負担をかけてしまった」

そんなこと。もどかしくなって、

「大丈夫です。さっきも言いましたけど、おれ、丈夫ですし、それにきっとすぐに慣れますから！」

ユキはぎゅっとこぶしを握ってみせた。しかし、

「慣れ……」

エルは短くつぶやいて絶句した。額を押さえて、黙り込む。

「あ、あの……おれ、なんか変なこと言いました？」

わからなくて尋ねると、エルの口元に複雑な笑みが浮かんだ。

「いや……それは慣れるほどしていいということか？」

「え⁉　え、あ、いえ、そういうことじゃなくて……あ、ででも、鳳王さまがそれでお元気になられるなら……！」

　こつりと額を合わされた。

「……おまえが、俺の凰で、よかった」

「鳳王さま……」

　それは、多少なりとも見知った相手だからですか。少しでも愛しやすいからですか。

　聞けるわけがない、そんなこと。

「……ありがとうございます。光栄です」

　せつない疑問は口にせず、ユキはにこりと笑ってみせた。


　湯から上がってからもエルはユキの世話を焼きたがったが、からだを拭かれたり、服を着させられたりはさすがに恥ずかしくて、ユキは固辞した。

　これまで触れたこともないほど上質な布で作られたシャツや着たこともない刺繍入りの上着を着、これまた豪華な飾りのついたサッシュで腰を締めた。足元の靴まで宝石がついている。

もとの寝室に戻ると、入浴のあいだに寝台はすっかり綺麗に整えられていた。

「まずはおまえの部屋を、俺の私室の近くに用意させよう」

ユキのものより一段と華やかな衣をまとったエルはそう言ってユキの髪にキスを落とす。

「それまではここで休んでいるがいい」

「でも……あの、凰はあの黒檻に入れられなければならないんじゃ……」

ずっと気になっていたことを思い切って聞いてみた。エルが眉をひそめる。

「悪しきしきたりだ。早くあんな塔は取り壊してしまいたいが、今はまだ……反対する者が多くてな」

「しきたり……もし、それで凰王さまのお立場が悪くなるなら、おれはあの檻で暮らしても……」

とても豪華だったけれど、どこか歪(いびつ)で怖いあの鉄柵の部屋。あの檻に閉じ込められると思うとぞっとするが、エルが責められるぐらいなら、我慢できる気がした。が、

「いや。おまえをあの黒檻には入れない」

エルの口調は断固としていた。

「しばらく、おまえを果樹園に帰してやることはできぬかもしれぬが、あの檻に入れることはない。大丈夫だ」

そう言ってもらえるなら……。喜んで入りたい部屋では決してない。

「寝込んでいるあいだに仕事が溜まっている。俺はもう行かねばならんが……」

エルは「後ろ髪を引かれる」とはこういう表情と仕草かとユキが納得するような、名残惜しそうな様子でユキの腰を抱き寄せた。

ねだるような視線が唇のあたりをさまよう。

「………」

恥ずかしい。けれど、望まれていることがわかるのに、気づかぬふりもできない。ユキは控えめに目を伏せると、わずかばかり顎を上げた。

すぐにエルの唇に唇を覆われる。

先刻、肌を重ねてつがいとなった、その行為を思い出させるような、しっとりとした、濃いキスをされた。

「……では。夜にはまた会えよう」

「あ、はい……」

なにを言えばいいのだろう？　迷って、

「行ってらっしゃいませ」

と送り出す挨拶を口にする。どうやらその選択は正しかったらしく、エルはユキがどぎまぎするほど、うれしそうに微笑んだ。

「ああ、行ってくる」

もう一度、今度は短いキスをユキの唇に落として、エルは部屋を出ていった。

ひとりになると急に疲れを感じて、ユキは無礼かと思いつつ寝台に腰かけて、そのまま仰向けになった。

天蓋を見上げる。外からは見えなかったが、鳳王の寝台の天蓋には人間界と天鳳界、天龍界、天亀界、天虎界が図案化された豪華な刺繍が張られていた。

まさか、王宮のそのまた奥、鳳王の私室でその寝台の天蓋を眺めることになるとは……。

「凰……」

鳳王のつがいとなって、鳳王を癒し、霊力を与える存在。自分にそんな力があるとは、いまだに信じられないが……。

「おれが役に立てるなら……」

喜んでこの身を差し出すだけだ。

その時、扉がノックされる音が響いた。

「はい！」

反射的に答えてしまってから、ユキはあわてた。まるで部屋の主のように返事をしてしまったが、よかっただろうか。そもそも鳳王の寝台にいつまでも我が物顔で寝そべっていていいわけがないだろう。

急いで身を起こす。

「いっ……」

腰が痛んだ。顔をしかめたその時、扉が開いた。

「ユキさま」

カラールとスラーだった。「失礼いたします」と、入り口から深々と頭を下げられる。

「あ、あの……」

天蓋から下がる薄絹のカーテンから、ユキは恐る恐る出た。

「鳳王さまは先ほど出ていかれましたけど……」

「はい、陛下はただいま、執務室で大臣たちに取り囲まれていらっしゃいます。すっかりお元気になられて……ユキさまのおかげです」

ありがとうございますと、スラーばかりかカラールにまで胸に手を当ててお辞儀をされ、ユキはあわてた。

「あ、あの……やめてください、おれ、そんな……」

「凰として陛下と結ばれたあなたさまは、もう立派な陛下のつがい。これまでのようにはまいりません」

カラールが言う。けれどその顔にはユキのあわてぶりを面白がるような笑みも浮かんでいて、そのことにユキは少しばかりほっとした。

「あのようにお元気そうな陛下を拝見するのは本当に久しぶりです。ユキさまにお礼を申し上げねば」

スラーのほうはユキをねぎらうような笑みを浮かべている。

「お疲れでしょう。軽食をご用意いたしました。どうぞお召し上がりくださいませ」

カラールの後ろから、女官が湯気の立つ皿の載った盆を手に現れる。手前のテーブルに盆が置かれた。

「あたたかいうちに、どうぞお召し上がりください」

とうながされ、ユキはぎくしゃくと席についた。ふたりがかたわらに立つ。

居心地が悪くて、

「あの……おふたりもどうぞ椅子におかけください。おれだけなんて、落ち着きません」

と向かいの席を示すと、カラールとスラーは顔を見合わせてから、「では」とユキの向かいに腰を下ろした。

「ただいま、ユキさまのお部屋を準備しております。ユキさまづきの女官も用意いたしますから、どうぞなんなりとお申しつけくださいませ」

「そのことなんですけど……」

ユキは身を乗り出した。

「おれ、本当はあの黒檻に入れられなきゃいけないんじゃないんですか？　鳳王さまはしきたりだけれど、大丈夫だっておっしゃって……」

カラールとスラーがまた顔を見合わせた。

「本来ならば、凰であるあなたさまはあの塔で暮らしていただくべきなのですが……陛下がそれはならぬときつくおおせです。わたしもあの日、あなたさまが凰だと判明して、黒檻に入っていただきましたが……それはもう、あとできつく叱られました。鍵までかけるとはなにごとだと」

スラーが苦笑する。横から、

「まあ俺たちにしてみれば、エルリワードさまがお元気になられれば、しきたりも前例もどうでもいいんだけどな」

カラールが口を出す。ええ、とスラーがうなずいた。

「もともと陛下はあの塔をどうにかしたいとお考えでした。けれど、凰が現れぬのに塔を壊しては不吉だとか、鳳凰になるにはあの塔が必要だとか、陛下に反対される方が多くいらしたのです」

「そうなんですか……」

もちろん、あの檻に入らなくていいのはうれしいけれど。

「鳳王さまもいろいろ大変なんですね」

心からしみじみ言うと、カラールがぷっと小さく噴き出した。

「いえ、これは失礼。そうなんです。陛下もいろいろ大変でいらっしゃるのですよ。ですから、ユキさま、どうぞ陛下のこと、お願いいたします。どうか、心身ともに陛下を支えて差し上げてください」

「そ、それは……もちろん喜んでお仕えいたします！」

勢い込んでうなずいたが、カラールとスラーはなぜだかまた顔を見合わせた。

先ににこりと笑ったのはスラーのほうだ。

「そうですね。いったんお元気にはなられましたが、陛下のご体調はまだ十全とは言いがたい。ユキさまには大変申し訳ありませんが、今しばらく、この城にお留まりいただいて、陛下に仕えていただかないと」

「しばらく……」

とは、どれぐらいだ？

「あれほど憔悴され、意識さえなかった陛下が見事に回復された。それだけでも本当にうれしいことではありますが、人間界から押し寄せる瘴気が消えたわけではありません。人間界を完全に浄化するか、あるいはこの天鳳界から切り離すか……どちらにしろ、陛下にはまだしばらくは大きなご負担がかかることでしょう。ですから、いつまで、と明確に申し上げることは、今はできかねるのです」

「そう、ですか……」

バルクにあとを頼んできたとはいえ、こまごました果樹の世話はいくらでもある。あまりに長く不在にするのは不安だった。だが、スラーの説明もよくわかる。あの檻のような部屋に入れられないだけでも感謝しなければ……。

「陛下がもっとお元気になられたら、ユキさまに果樹園と王宮を行ったり来たりしていただくということもできましょう」

スラーがユキの心中を慮(おもんぱか)ってくれたのか、そう言ってうなずく。

「それまでは……ご心配でしょうが、果樹の手入れを王宮の者にご指示いただいて代わりにやらせるということで、ご納得いただけませんか」

カラールも横からそう言う。

「瘴気に当てられ、お元気がなかったエルリワードさまはユキさまが丹精された果物とユキさまが作られた材料での料理しかお召し上がりになれなかった。でも、ユキさまご自身を召し上がって、陛下がお元気になられるのなら、そのほうが手っ取り早い……」

あけすけな物言いをしたカラールの脇腹をスラーが肘(ひじ)でドンと突き、カラールが「う」と呻いた。

「おまえは言い方というものを……」

「いやでも、こういうことははっきりさせておいたほうがユキさまも覚悟を決めやすいだろう」

小声で言い合うふたりがおかしくて、ユキは小さく笑った。——自分と睦み合うことでエルが元気になるなら……。

「わかりました」

ふたりにうなずいてみせた。

「果樹園にはバルクもいます。数日で果樹が枯れることもありません。畑や果樹園の世話にくわしいひとをお願いします。あれこれお伝えしたら、おまかせできると思うので」

「そうおっしゃっていただけるとありがたい」

カラールはにこりと笑い、ぴしりと姿勢を正した。

「陛下のこと、どうぞよろしくお願いいたします」

丁寧に一礼される。

こうして、ユキの王宮での日々が始まったのだった。

4

コンコンとノックの音が響く。

「はい」

扉を開くと、女官がひとり立っている。ユキの身の回りの世話をしてくれている女性だ。

「陛下がお戻りになられました。いたくお疲れでいらっしゃるご様子で、今はスラーさまが手当てをなさっておいでです。ユキさまにはお湯あみをお願いいたします」

「はい……」

この場面はもう何度か経験しているが、そのたびユキは恥ずかしくて顔を上げていられない気分になる。

ユキが王宮に上がって、あっという間に二週間近くが過ぎた。ユキは鳳王の寝室や浴室、書斎や私的な客を迎える客間、鳳王づきの従者たちが控える部屋がかたまっている一画からすぐのところに部屋を与えられた。ユキの部屋にもトイレと浴室がついているが、ユキは特別に、昼夜問わず湯が溢れている鳳王の浴室を使っていいことになっている。

女官に付き添われて、鳳王の浴室に入る。

からだを洗い、湯につかる。上がるとすぐ、女官にからだを拭かれ、しっとりした甘さの香油を肌にすり込まれる。――浴室には専用の下僕がいるが、ユキが使う時の浴室係は女官ばかりだ。エルの命令だというが、それがなぜなのか、ユキは知らない。

そうして身づくろいされるあいだ、いつもユキは身の置きどころのない心地でもぞもぞしてしまう。

身を清めるのも肌に香油をすり込まれるのも、今から鳳王の褥にはべるためだ。それは浄化で疲れた鳳王を癒し、その霊力を復活させるためなのだが、周りのひとはみんな、これからユキが鳳王に抱かれるのだと知っているわけで、その事実がユキにはたまらなく恥ずかしい。

できればこういうことは、ひっそりとふたりだけの秘めごととしたいのだけれど……。

(相手が鳳王さまじゃ仕方ないよな)

髪を梳かれながら、ユキはうなだれる。

エルがユキを抱くのも霊力復活のためだ。秘められるべき、ひそやかで甘い想いはそこにはない。「愛さねばならない」という義務感はあるとしても。

湯あみをすませ、ユキは帯をほどくだけではらりと前が開く薄い衣をまとわせられる。天亀界、天龍界で寝衣として使われているという異国風の衣には、白を基調に淡いピンクで花の模様が散らされている。美しいけれど色気に溢れたその衣も、ユキは苦手だ。

「ユキさまをお連れいたしました」

　女官がエルの寝室側の扉を開く。

「お待ち申し上げておりました」

　寝台の脇についていたスラーが立ち上がって迎えてくれる。

「鳳王さまは……」

「お疲れがひどいのでしょう。城まで自力で戻られましたが、そこで倒れられて、まだ目をさまされません」

「そうですか……」

　胸がつきりと痛む。それが鳳王の務めだとわかってはいても、文字通り身を削っているエルに、ほかに道はないのかと思ってしまう。

「では、わたくしはこれで。ユキさま、陛下をよろしくお願いいたします」

　スラーが去っていき、ユキはひとりで天蓋つきの寝台に歩み寄る。薄絹のカーテンから中をのぞいた。

　青い顔のエルが眠っている。

「エル」

　口の中だけでそっと呼んだ。――今、楽にしてあげるから。

　上掛けをそっとめくって、かたわらに身を横たえる。青白い頬に手を添えて、その唇に唇を押し当てた。

「……ユキ……」

これもいつもと同じ。ユキの口づけにエルがすぐに目を開く。

「お疲れさまです。どこか痛いところはありませんか？」

「大丈夫だ。……こうしておまえが横にいてくれるだけで、からだが楽になる」

「それはよかったです。なにか、お飲みになりますか？」

「いい。今はこうして……おまえを抱いていたい」

腕が回ってきて、ぎゅっと横抱きにされる。

エルの心音が響いてくる。最初は力弱く、間遠だった鼓動が、やがて強くしっかりした響きになるのがうれしい。

しばらくそうしてユキをただ抱き締めてから、エルは髪や額にキスを降らせてくる。軽く仰向くと、今度は唇にキスされる。

ユキはエルとしか口づけたことがない。だからエルのキスがうまいのかどうかわからないけれど、唇を吸われ、舌で口腔をまさぐられていると、気持ちがよくてうっとりしてしまう。

ユキの息が乱れて、吐息に甘い鼻声がわずかに混ざるようになると、エルの手はゆるい襟をくぐって胸へとすべってくる。赤いグミのような胸の尖りをつんつんとつつかれ、ゆるく押しつぶされ、根元をくるくると撫でられるともうだめだ。

声が抑えられなくなる。

淫らな喘ぎはほかに聞いているひとがいないとわかっていても恥ずかしい。

そうして……胸からユキ自身へとエルの手が移る頃には前を合わせるだけのかんたんな衣はいやらしくはだけている。その乱れた衣の帯をほどき、エルはさらに大きく前を広げる。

「この衣は……本当におまえによく似合っているな」

エルはそんなふうに褒めてくれるけれど。

大きく左右に広がった衣はエルの腕の一部しか隠してはくれず、それでなにが「似合う」なのか、ユキはいつも突っ込みたくなる。

(なに言ってるんだよ、エル。これもうほとんど裸じゃないか)

もちろん、鳳王にそんな口はきけないし、ねっとりと全身に這わされるエルの視線も熱くて、言い返す余裕もユキにはないのだが。

「そ、そんなにご覧にならないでください……」

弱い声で訴える。

「……触れるなと言ったり、見るなと言ったり、おまえはダメだばかりだな」

いや、それは……。

とっさに言い返したいのをこらえる。

このところ、こうしてユキが褥にはべると、エルはユキの性器をあろうことか口で愛撫しようとするのだ。最初にそれをされた時、ユキは悲鳴を通り越した絶叫を上げた。

『なななな、なにを……バカッ！』

思わず鳳王を怒鳴りつけてしまい、はっと気づいて寝台の上で平伏した。

『も、も、申し訳ございませんっ！　つい、ついっ！』

『よい』

エルがくつくつと笑ってくれて、心の底からほっとした。

『ようやくおまえ自身の声が聞けたような気がするぞ。他人行儀に「鳳王さま」なぞと呼ばず、前のように……』

『そんなことはできません』

きっぱりとユキは言い、首を横に振った。

『鳳王さまは鳳王さまです。なにも知らなかった時と今はちがいます』

エルは寂しそうに「お固いことだ」とつぶやいたが、固い柔らかいの問題ではない。

『そ、それに、です。鳳王さまともあろうお方が、おれのようなものの……その、モノをお口でなんて……いけません』

『知らぬのか？　恋人同士は口でも指でも互いの全身を愛撫し合うものだぞ』

『お望みであれば、おれが鳳王さまのものを口で愛撫して差し上げるのは問題ありません。

でも逆はだめです。絶対に』

そんなやりとりがあったにもかかわらず、エルは隙あらばユキのものを咥えようとする。そのたびユキが「なりません」と制止していて、エルはそれが不満なのだ。

「ですから、お望みならおれが鳳王さまのものを……」

「それはそれで楽しそうだが、そういうことではない」

わからぬのかと言わんばかりに首を振られる。

「おまえは……」

おれは？

きょとんとしてエルの言葉の続きを待つが、エルは目を伏せてふっと息を吐くだけだ。

「……よい。おまえは忠実な鳳王の民なのだな。わかっている」

溜息混じりに落とされた言葉に、とんと肩を突かれたようなショックがあった。

（忠実な鳳王の民）

それのどこが悪いのか。なにも悪くないのに、どうして自分はこんなふうに、突き放されたようなわびしさをおぼえているのか……。

ふたたび唇が寄せられてきて、舌を絡めるキスをされた。同時に股間を弄られれば、ユキはまた一気に肌を熱くして喘ぐばかりだ。

両脚を持ち上げられる。その中心にエルが腰を進めてきて、ユキはいつもの衝撃にそなえて息を吐く。

エルが浄化に疲れて帰るたび、こうしてまじわって……もう何度になるだろう。

最初の時の、異物で身を割られるようなひどい痛みと苦痛は薄れてきたが、その行為はまだユキにとって慣れないものだった。

「ユキ……痛いか？」

エルはいつも遠慮がちに聞いてくれる。一度ならず、「やめておこう」と引こうともしてくれていた。

「大丈夫です。もうずいぶんと慣れましたから」

ユキは笑みを作って答える。

「どうぞ……鳳王さま。おれはあなたさまのつがいなんですから」

まるでユキにひどいことを言われたかのようにエルの眉間につらそうなしわが寄る。

そのしわは残したまま、けれどエルは笑みを作る。

「……すまぬな」

そして、エルの猛りはゆっくりとユキを穿(うが)って、内奥へと進んでくる——。

そうした行為のあと、エルは本当に元気になる。

「おまえには感謝せねばな」

「もったいないお言葉でございます」

エルに、鳳王に、「ありがとう」と言ってもらえる、それだけで。

ユキは本心から、もったいないと思っていた。


ユキが王宮に来て、明日でちょうど一ヵ月という日。

そのあいだ、ユキは時々厨房に下りて、エルの食事作りも手伝わせてもらっていた。バルクに裏の畑で採れた野菜も納品の果物と一緒に持ってきてもらい、それを使っての料理だ。元気になったエルは以前のように王宮の料理人たちが作ったものも食べられるようになっていたが、それでもユキの作ったものを喜んでくれる。

女官と一緒に中庭に出ることもできたから、あいた時間に庭の手入れもさせてもらった。あの白い塔がいやでも目に入ってきたが、土や植物をいじっていると、それだけで気が落ち着く。

そんなふうに、王宮での暮らしもそれなりにリズムができてきてはいたが。一度、果樹園に帰りたいとユキは思うようになっていた。果樹園はバルクと、王宮から選ばれた果樹の専門家が管理してくれていて折々の報告を受けている。それでも、じっちゃんから受け継いだ大事な果樹たちだ。自分の目でも確かめておきたかった。

（一度、帰らせてもらえないかな）

エルに言えばいいのか。それとも先にスラーかカラールに話を通しておいたほうがいいのだろうか。

ユキと睦み合うことでしか、エルは霊力と元気を回復できない。数日、あるいは一週間、まとまって里帰りすることはむずかしいかもしれない。でも、一日二日のことなら、許してもらえるのではないか。

その日も厨房でスープを作り置きしてパンも焼いて、ユキはカラールに会えないかと、王の執務室のほうへ足を向けた。

王宮はおおまかに、政治に関することを処理する表宮殿、儀式や神事、宴などが行われる奥宮殿、そして王のプライベートに関する内宮殿に分かれている。退位した前王は高台の反対側の麓に建つ離宮に妃と共に住んでいて、この王宮にはいないという。

ユキはこれまであまり足を踏み入れたことのない、会議室や謁見室、各役人が立ち働く事務室、王や大臣たちが仕事をする執務室が連なる表宮殿に、ドキドキしながら入っていった。

「陛下はいつまであのロアの民をふらふらさせておくおつもりなのだ！」

厳しい声が聞こえてきたのは階段を上っている途中だった。

階段を上りきったロビーのような場所で、誰かが大声で話している。

（おれのことだ）

王に自由にさせてもらっているロアの民が自分のほかにいるとは思えない。

ユキは反射的に壁に背をつけて姿を隠した。

「ゼアーノ公爵。彼は果樹園の園主ですよ。子供の頃にもう放浪はやめています」

ユキをかばってくれる声は聞き慣れている。探していたカラールだ。

「凰が見つかったというのに、陛下は鳳のままではないか！」

はっとした。確かにエルの翼はユキとつがうようになった今も白いままだ。

「あんなハンパを許しておくから、いつまでも真のつがいになれないのだ！　さっさとあの黒檻に閉じ込めてしまえばいいものを！」

黒檻と聞いて、手足から血の気が引いて、すーっと冷えた。白い塔の内部に鉄柵の張られた異様な部屋を思い出す。本物の鳥を飼うための鳥カゴそっくりの部屋だった。

ユキはますます身を固くして息を詰めた。

「陛下はユキさまが丹精されたものを好んで召し上がられます。陛下にただでさえ好き嫌いが多いのは公爵もご存知でしょう。お疲れであっても、体調がおよろしくなくても、なにかお召し上がりになることができるというのはとても大切なことなのですよ。ユキさまをあの部屋に閉じ込めてしまったら、陛下は痩せ細ってしまわれます」

カラールの声はいつもと同じように明るく、どこか軽口めいているが、彼は公爵のユキへの怒りをなんとかそらそうとしてくれていた。

「だったらさっさとゲートを閉じて人間界を切ってしまえばいいのだ。陛下は人間どもに甘すぎる！　そもそもこれほど天凰界が穢れに苦しめられるのも、人間たちが欲望を垂れ流し、水も空気も好き放題によごしたせいではないか！　人間の責任は人間にとらせればよいのだ！」

ゲートを閉じればいいとは街のひとたちも言っていることだ。バルクもそう言って怒っていた。

カラールはなんと答えるだろう。ユキは耳をそばだてる。

「ご高説、しかと承りました。しかしながら、人間界とこの天の四界は相通じて、ひとつの環となっております。腐ったからと脚を切り落とせば、不自由になるのが道理。まずは病んだところを治し、みながよきようにと、陛下はお考えであられるのです」

「百年ほどゲートを閉じるだけでいい。そうすれば今の人間のほとんどは死んで、新しい人間になるだろう。そこで一から教育し直したほうがよほど手っ取り早い」

「陛下はその百年のあいだに死んでいく人間たちをも、お見捨てにはなりません」

カラールの口調が重々しく、そして厳しくなった。公爵が「うぐぅ」と呻く声が聞こえてくる。

「な、ならばさっさと鳳凰（ほうおう）になられればよいではないか！　せっかく凰が見つかったというのに、真のつがいになるのもいや、ゲートを閉じるのもいやでは通じないぞ！」

「そのご意見はごもっともと存じます。公爵のお心はしかと陛下にお伝えいたします。今しばし、この件はこのカラールにお預けいただけませんか」

「そなたの父上は先王のおおぼえめでたく重用されていらした。そのお父上の息子としてのはたらき、期待していますぞ」

いやな釘刺しの仕方をして、足音高く公爵が歩み去る。

ほかに足音は聞こえない。まだカラールはそこにいるのか。出ていこうか、どうしよう。

ユキが迷っていると、

「そこにいるのはどなたですか」

上から声がした。気づかれていたらしい。

ユキは観念して、残りの階段を上った。

「おや、あなたでしたか」

「すみません、立ち聞きしてしまいました」

「あんな大声では聞きたくなくても聞こえてしまう」

カラールは苦笑して肩をすくめた。

「あの……今の話ですけど、真のつがいになれていないから、鳳王さまが鳳凰になれないというのは……」

気になっていたことを尋ねた。

カラールはすぐには答えず、ユキを手招いた。ロビーは広い窓に面していて、その前に立つようにいざなわれる。

窓からは高台の下に広がる都の全景が見渡せた。通りが交差し、大小の建物が建ち並ぶ様子はさすがに天鳳界一の都だけのことはある。そのにぎやかな街の東の端にこんもりとお椀を伏せたような山があり、手前にひときわ鮮やかな緑のかたまりが見える。ユキの果樹園だ。

「おれが好き勝手していて、黒檻に入っていないせいだというのは本当ですか」

うーんとカラールは困ったように唸った。

「黒檻に入っていないせい……と言えば言えますが、まあそればかりではないというか」

どうにも歯切れが悪い。

「黒檻って、おれが黒鳥だってばれた時に、スラーさまに連れていかれた部屋ですよね」

どうしてエルが鳳凰になれないのか、はっきりさせたくて、ユキは確かめる。

カラールは観念したように「ええ」とうなずいた。

「おそらく、あの部屋に入って出てこられた凰はあなたが初めてでしょう」

「え」

「あの部屋は……」

カラールが目を窓の外へと向けた。

「鳳王と凰が真のつがいとなるための部屋……と言えば聞こえはいいが……凰の心を壊し、鳳のことだけを考えるように仕向けるための監獄です」

「鳳のことだけ考えるって……そんなこと、できるんですか？」

ひとはいろんなことを気にして、考えて生きている。ユキもエルのつがいとして過ごすようになってエルのことを考える時間はものすごく増えたけれど、でも、果樹園のこともバルクのことも考えないではいられない。

腐った魚の匂いを嗅いだかのように、カラールの鼻にしわが寄った。首を振る。

「陛下が即位されて、わたしも凰の秘密を知ることになりましたが、あれを考えついた人物が正気だったとは思えません」

苦い顔で前置きして、カラールが「あの部屋の使われ方ですが」と話しだす。

「あなたと陛下のように、凰とわかる前から知り合っていたのならばいざ知らず……普通は黒鳥であることを隠して生きてきた凰が、王宮に連れてこられて初めて鳳王と出会うことになります」

なるほど、それはそうだ。ユキはこくこくとうなずく。

「ところが、凰が真に鳳を癒し、その力を分け与えることができるのは、凰の真の愛情があってこそだという。そこで初めて、鳳は鳳凰となる。さて、そこで問題です。きのうまで会ったことも口をきいたこともない相手を、いきなり本当に愛することなど、できますか？」

　ユキは今度は首を横に振った。

「そう。普通は無理です。だから閉じ込めて、三日間は水も食事も与えない。泣こうが叫ぼうが、ほうっておく。四日目に鳳王が食事と水を運ぶ。鳳王とともに、浴槽には湯が運ばれ、掃除もされて着替えも与えられる。そんなことを二、三度繰り返せば、今度はいつ来てくれるだろう、嫌われたらもう来てもらえないかもしれないと、その者は王のことしか考えなくなる」

「ひどい……」

　思わずつぶやいていた。

「それ、ひどくないですか……？　そんなことされたら……」

好きとか嫌いを通り越して、心は鳳王に支配されてしまうだろう。

「そうです。ひどいです。しかしこうすれば、連れてきた凰に身も心もすべて、捧げさせることができる」

「………」

　なにを言えばいいのかわからなかった。

　ひどい。ひどすぎる。けれど……鳳王が鳳凰となって強い霊力を持つことで、天鳳界も人間界も守られるのだとしたら、凰がひとり犠牲になるのは仕方がないのか……？

「たったひとりの犠牲によって、世界は救われる」

カラールが笑みを含んだ目をこちらに向けた。

「けれど、陛下は絶対にあなたを黒檻に入れないとおっしゃっておいでです。そればかりか、こうしてあなたがほぼ自由に王宮の中を動くことも許していらっしゃる」

「あ……ありがたいことだと思っています……部屋までもらって……」

「ありがたい、それだけ？」

褐色の瞳がいたずらっぽく輝いている。

「わたしはエルリワードさまとは幼い頃より友人で、鳳王という地位に関係なく、彼をよく知っているつもりなのですが」

カラールとエルが単なる側近と王という関係ではないのはユキも感じていた。

「彼はなかなかいいやつですよ。多少皮肉屋ではありますが、責任感もあって、優しい」

「は、はい。鳳王さまはお優しいと、おれも思います」

カラールの瞳がさらにきらめいた。

「ありがたい、お優しい、それだけ？」

「え……？」

カラールはなにを言わせたいのだろう。それとも、なにかに気づかせたいのか。

きょとんとしていると、カラールが窓の外を指差す。

「あそこ、あなたの果樹園ですね。さすがに緑の勢いがちがう。やはりあの果樹園があなたにとっての一番ですか？」

あ、と思い当たった。

「……もしかしたら……おれの鳳王さまへの愛情が足りないから……鳳王さまは鳳凰になられないいんですか？」

「足りないわけではないと思うんですがねえ」

顎に手を当て、カラールはうーんと首をひねる。

しかし、エルがまだ七色に輝く鳳凰になれていないのは、それは凰である自分から「真の愛情」が得られていないせいではないのか。顔から血の気が引く思いがした。

黒檻にも入れられず、エルには大切にしてもらっているのに……。

「お、おれ、もっとがんばります！　ちゃんと、ちゃんと真の愛情を……」

「いや、愛情というのはがんばるものじゃないでしょう」

はっとした。同じことを、エルに言ったことがある。「運命の相手を愛さねばならない」と言うエルに、「義務感で愛するようになるのはちがう」と。

ではどうしたらいいのか。とまどうユキに、カラールが「そうだ」と手を打った。

「もし陛下に結婚話が持ち上がったら、あなたはどうします？」

また答えに困る問いを投げかけられた。

「どうって……どうもしないですよ、もちろん」

「どうもしない？」

カラールの目が丸くなる。

「はい。だって、鳳王さまは鳳王さまです。身分のつり合う方をお妃にお迎えになるのは当たり前だし……おれなんか、こうして鳳王さまのお役に立ててるだけで十分です、し」

最初、スラーにつがいになるのと王の婚姻は別だと知らされた時にはショックだったし、今も「もしエルが……」と想像すると寂しいし、胸も痛む。けれど、エルは鳳王なのだ。この天鳳界を統べる至高の存在。自分なんかがその横を独占できるわけがない——そう思っているのに、なぜだか語尾が少し震えた。

「……なるほど」

はは、と短く笑うと、膝を折ってカラールはユキの顔をのぞき込んできた。

「あなたは欲がないんですね」

「欲？　愛情じゃなくてですか？」

聞き返したところで、

「なにをしている」

不機嫌な低い声が飛んできた。エルだった。

数人の従者をしたがえて、かつかつとロビーを横切ってくる。

「カラール！　仕事があるだろう！　ユキ！　こんなところでなにをしている！」

これまでユキが見たことのない、いやな怒りの表情だった。カラールと交互に見くらべられる。

「……ふたりで、ここで待ち合わせたのか」

「ち、ちがいます！」

「ちがいますよ」

とんでもない質問だ。否定したユキの声と、軽く肩をすくめてのカラールの声が重なる。

「……気が合うことだな」

エルはますますむっとしたようだ。

勝手にこんなところをうろうろしているのが気にさわったのだろうか。

「あの、すみません、おれ、もう部屋に戻ります。ごめんなさい」

ぺこりと頭をひとつ下げ、ユキはあわてて踵を返した。


窓辺のソファに座って、ユキは改めてカラールに言われたことを考えた。

凰の真の愛情。

「愛情……愛情……」

エルのことはもちろん嫌いではない。もう何度も抱かれているが、そうすることで鳳王のお役に立てるなんて名誉だと思っている。

ではなにが足りないのだろう?

「うーん」

ユキは腕を組んで首をひねった。

エルが自分の作ったものをおいしそうに食べてくれると、とてもうれしい。抱き締められたりキスをされたり……いやらしいことをされるのも決していやではない。むしろドキドキする。抱き締められたら抱き返したいし、行為の最中にすがりつきたくなることもあるけれど、鳳王に対して失礼なことをしてはいけないといつも気をつけている。とはいえ、エルに与えられる刺激はあまりに甘美であらがいがたくて、時にわけがわからなくなる。

そんな時に、なにを口走り、自分がどう動いているか、自信は持てないが。

それともやはり、黒檻に閉じ込められて、世界から断絶されて、「鳳王」だけがすべてでなければ、「真の愛情」を鳳王に与えることはできないのか。

あの部屋のことを思い出すとそれだけで身震いが出る。進んで入りたい場所では決してない。ないけれど……。

考えていると、コンコンと扉がノックされた。

「はい」

世話係の女官だろうと思って返事をしたが、入ってきたのはエルだった。ひとりだ。

「鳳王さま！」

ユキはあわてて立ち上がった。エルに会う時はいつも使いが来て、ユキから出向いている。エルがユキの部屋に来るのは初めてだ。

「ご、御用でしたら、こちらからうかがいますのに！」

「用がなくてはおまえに会ってはいけないのか。俺から会いに来ては迷惑か」

エルの口元は両角が下がり、見るからに不機嫌そうだ。

「そんなことは……」

「カラールと親しいのだな」

断定される。

「……スラーさまもカラールさまも、よくしてくださっています。でも、親しいというのとは……」

「なにを話していた」

「えっと……」

急いで頭の中を整理する。

「ゼアーノ公爵とカラールさまのお話を立ち聞きしてしまって……鳳王さまが鳳凰になられていないことを公爵はお怒りでした。おれを黒檻に入れればいいのだと。それで、カラールさまに、黒檻のこととか、いろいろ……うかがっていました。あの……鳳王さま」

思い切ってユキは自分から切り出した。

「おれ……黒檻に入らなくて本当にいいんですか……?」

エルの眉間に深いしわが刻まれた。

「おまえをあの部屋には入れない。誰がなんと言おうとだ。おまえもあの部屋のことは忘れろ」

そう言ってくれるのはうれしいけれど……。

「ありがとうございます……でも、あの……このままだと、その……鳳王さまのご負担が大きいのでは……」

自分が「真の愛情」を捧げることができていないせいだと思うと、申し訳なさで消えたくなる。いや、消えたらもっとエルの役に立てないから、それはだめだが。

「……俺のことを案じてくれるのか」

少しばかりエルの表情がやわらぐ。そのことにほっとして、

「はい!　もちろんです!」

とユキは勢い込んだ。

「人間界からの瘴気はますますひどくなっていると聞きますし、浄化に励まれるたびに、鳳王さまはとてもお疲れになられます。あの……人間界と天鳳界をつなぐゲートを閉じる

ことは考えられないのですか？」

　自分なぞがそんな大事なことに口を出してはいけないとわかっていながらも、エルの負担が心配でユキは言わずにいられなかった。

「………」

　エルが無言で目をすがめた。

「……なぜ、そんなことを言う？」

「なぜって……」

　エルの負担が心配だからに決まっている。それなのに……。

「瘴気が消えたら、おまえも果樹園に帰れる、俺の相手をしなくてもいい、そういうことか」

　とんでもない方向に解釈されて、ユキはあわてた。

「と、とんでもないです！　そんな、そんなことは……！」

　エルがぐっと一歩近づいてきた。腕をとられて乱暴に抱き寄せられる。

「わぷ！」

「……ユキ」

　せつなげな声だった。

　時々、エルはひどくせつなげな、まるで大事ななにかを受け取ってもらえない子供のような表情をする。その顔で見つめられ、その声で名を呼ばれると、ユキは自分がひどく悪いことをしているような気にさせられる。

心を込めて仕えているつもりなのに……どうして鳳王さまはこんな顔をされるのだろう

――ユキにはわからない。

胸板に顔を押しつけられ、髪をまさぐられる。

「おまえを、抱きたい」

はっとしてユキは顔を上げた。

「鳳王さま……お加減がお悪いのですか？」

ここ数日は瘴気の状態がいくぶんよくて、エルが浄化のために飛ばなくてもよかった。油断していた。浄化の霊力を使っていなくても、エルが疲れることはあるだろうに。

「急いで湯あみの準備をしてもらいます。少しだけお待ちを……」

「もうよい！」

大きな声だった。その声に驚いてびくりとすると、エルはふいっと顔をそらした。抱擁もといて、そのまま踵を返す。

「……よい」

「鳳王さま……」

こちらに背を向けられて、ユキはどうしていいかわからなかった。なにがいけなかったのか。

「おまえは……」

扉の前でエルはこちらを振り返った。口元を歪め、片眉を持ち上げた、皮肉を言う時の顔だ。

「本当に忠実な鳳王の民なのだな。おまえのように忠義心のあつい民を持って、俺は幸せ者だ」

そう言い置いて、エルは部屋を出ていった。

「エル」

扉が閉まり、足音が遠ざかってから、小さな小さな声でユキはかつての友の名を呼んだ。

「嘘つけ。君、ちっとも幸せそうには見えないよ」

そして、自分も。

どうしてこんなに胸が痛むのか。気持ちは沈むばかりで、落ち着かないのはなぜなのか。

鳳王さまのお役に立てて、こんなうれしいことも、光栄なこともないというのに。

「おれも、幸せじゃない」

口に出すと、それがまがいようのない真実だと、もう認めるしかなかった。

その次の日のことだった。

中庭で花に水をやっているユキのもとに、見るからに高位の貴族らしい初老の男性が、大勢の供を連れて現れた。

「おまえがユキか」

ユキを手伝ってくれていた女官がさっと膝を折って、頭を垂れた。

「ゼアーノ公爵殿下にございます」

早口の小声で教えられ、ユキもあわてて頭を下げた。

「お、お初にお目にかかります。ユキでございます。ゼアーノ公爵殿下にはご機嫌うるわしく……」

王宮での立ち居振る舞いも、ここに来てからユキが学んだことのひとつだ。

「凰がふらふら王宮内を好き勝手に歩き回るなど、ついぞ聞いたことがないぞ」

容赦ない非難から始まった。

「は……鳳王さまのご温情にて、自由に過ごさせていただいております」

頭を下げたまま答えると、「ふん！」と鼻息を噴かれる。

「ご寵愛を賜っているからと、いい気になってもらっては困る」

「…………」

「遠縁の娘を養女にした」

唐突にそう告げられた。

「近々、陛下にお目通りいただく。年の頃もよい。結婚式は盛大なものとなろう」

「っ」

ぎくりと肩が震えた。

(エルが結婚する……?)

なぜ突然、養女の話が出てきたのか、わけがわからなかったが、そういうことか。

「陛下はおまえを好きにさせているが、正妃がいるとなれば話は別だ。妃への手前もある。おまえも陛下のためを思うなら、凰としての務めを十全に果たせるよう、あそこへ入ったらどうだ」

あそこ、と公爵が顎をユキの背後の白い塔に向かってしゃくる。黒檻のある塔だ。

「考えておけ」

言い置いて、公爵は供をぞろぞろと引き連れて去っていく。

ユキはのろのろと背を伸ばした。

エルが結婚。

スラーからも聞かされていたが、それがいよいよ本当のことになる――。

自分のようにもとはロアの民だった者が、鳳王の正式の伴侶になどなれるわけがない。

身分のちがいは十分に自覚している。……している、つもりだった。

ている。

「ああ、ここにいらしたのですか」

ーが、結婚……エルが、結婚……）

ルだった。

ていい
きるとはとても思えない。

なのに、なぜだろう。

胸が痛んで仕方がない。

ゼアーノ公爵は前鳳王の弟の息子という、由緒正しい家柄の大貴族だ。大臣も務めていて、政治力もあると聞いた。そんなゼアーノ公爵からの結婚話をエルがことわることができるとはとても思えない。

（結婚……エルが、結婚……）

ショックを引きずったまま、ユキはいつもの習慣で中庭から厨房へと回った。エルの昼食用のスープを作るためだ。材料はバルクが果樹園の畑から果物と一緒に持ってきてくれている。

「ああ、ここにいらしたのですか」

なかば機械的にいつもの手順でスープを作っているところに、今度やってきたのはカラールだった。

「よい知らせですよ」

とにこにこ顔を向けられる。

「よい知らせ？」

反射的に繰り返した。

「鳳王さまがご結婚されるかもしれないというお話ですか？」

「おお、お耳が早い。でも、ハズレです」

カラールの笑顔はくもらない。

「陛下が宿下がりをお許しくださったのですよ。果樹園が気になるだろう、しばらくゆっくりしてくるがいいと」

「え……」

本当なら喜ぶべきことだろう。だがこのタイミングでそれを聞かされても、ユキはまったく喜べなかった。

「で、でも……鳳王さまのお疲れは……」

「幸いなことに今は瘴気もそれほどひどくはありませんから。心配はいらないとの陛下のお言葉です」

「……そう、ですか……」

突き放されたような気がした。

「馬車を用意いたしました。昼も馬車で食べられるように用意させますから、すぐにお発ちください」

やけに出立をせかされる。もしかしたら、と思った。

(もしかしたら、公爵が養女にされたというお姫さまが来るんだろうか)

未来の……とても近い未来の、エルの結婚相手。

だとしたら、つがいであるユキが王宮にいないほうがいいだろう。鳥人はこれと定めた相手以外に心を移すことはない。いくら凰の役目は別だと聞かされても、自分のほかにつがいがいるとなれば、感覚的に受け入れにくいだろう。公爵がわざわざユキに黒檻に入れと言いに来たのも、そもそも凰の存在が公にされないのも、そのためだ。

「……わかり、ました……」

ユキはそう答えるしかなかった。


一ヵ月ぶりに果樹園に帰れるというのに、心はまったくはずまなかった。

「ユキ！　おかえりなさい！」

満面に笑顔を浮かべたバルクに両手を広げられ、すこやかに葉をそよがせる果樹たちに迎えられて、ようやく少しだけ「うれしい」と感じることができたけれど。

カラールが手配してくれた専門家たちとバルクががんばってくれていたのだろう、どの果樹も元気で、よく手入れされていた。

「ごめんね、いきなり果樹園のこと、全部まかせることになっちゃって」

家への小道を歩きながら言うと、バルクは「ううん」と首を横に振った。

「ユキこそ、お疲れさま。鳳王さまに気に入られて、お世話係になったんだろう？　すごいことだよ」

「うん……おれなんかじゃいろいろ力不足なんじゃないかと思うけど……」

溜息をついているあいだに家に着いた。そこもバルクが定期的に窓を開けて掃除をしてくれていたために、ほんの一日二日、留守にしただけのように変わりがなかった。

「布団も干してあるよ。少し休む？」

バルクが気遣ってくれた。

「うーん、でも早く畑の世話がしたいし、果物たちも見て回りたいから」

きちんと管理されていても、自分の手で水や肥料をやったり、わくら葉や花がらを取り除いたり、どの果樹がどんな様子か、自分の目ですみずみまで確かめたかった。

ユキは久しぶりの家で腰を下ろす間も惜しく、作業用のズボンとシャツに着替えると果樹園に出た。

そうして木々のあいだで、土を見て、葉を見て、花と実を見て、手で触れていると、肩の力がどんどん抜けていくのがわかった。

疲れているつもりなどなかったけれど、やはり慣れない王宮暮らしで知らぬ間に無理をしていたらしい。どんどん晴れやかで落ち着いた気分になってくるのが不思議だった。

ああ、植物の世話が好きだなあとしみじみ思った。

じっちゃんにゆずられたこの果樹園はなんとか自分の手で守りたい。できれば定期的にこうして様子を見に来たいけれど、それはかなわぬことだろうか……。

(いや……おれがいつまでもこんなふうだから、エルは鳳凰になれないんじゃ……)

カラールにも果樹園が大事かと聞かれたのを思い出す。

ひとを愛するのと、果樹園を大事にするのはちがうような気がするけれど……。

そんなことを思いつつ、からだを動かしているあいだに、あっという間に数刻が過ぎた。

日が傾きだしたのに気づいて、ユキは曲げていた腰を伸ばした。ふーと満足の吐息をつく。

「バルク、ありがとう。今日はもうこれで終わりにしよう」

手伝ってくれたバルクをねぎらい、帰ってもらう。

そしてひとりになると思い出すのはやはりエルのことだった。

(あの頃は楽しかったなあ)

家へと向かいながら、初めてユキと出会った桃の木の下をのぞき込んだ。

(ここで、寝こけてて、勝手に桃を食べてて)

今なら、浄化で疲れた鳳王が癒しを求めて降りてきたのだろうと想像できるが、その時は鳳王を悪く言うエルが腹立たしいばかりだった。でも、どこか憎めなかった――。

(もし、エルが鳳王じゃなかったら……)

きっと今も、軽口を叩き合い、時には自分がエルを怒ったりして、楽しくしていられただろう。

（口いっぱいに入れるの、行儀悪いよとか叱ったりして）

想像しておかしくなって、一瞬あとには無性に寂しくなった。

どうしてエルは鳳王なんだろう。

考えても仕方のないことなのに、考えずにいられない。

ふーっと重く長い溜息をついた時だった。

上空からばさばさと羽音が聞こえてきた。見上げると真っ白い翼の大きな鳥が舞い降りてくる。

「エ……鳳王さま⁉」

間近で見る鳥姿の鳳王の大きさにも驚かされてユキは目を丸くした。

エルはそんなユキの前にふわりと降り立ち、すぐにひとの姿になった。上着も脱いでいない、王の装いのままだ。よほど急いで出てきたのか。

「誰だ！」

摑みかからんばかりの勢いでいきなり聞かれる。

「だ……誰って……え？」

目をぱちくりとさせると、エルは厳しい目でにらんでくる。

「誰に会いたかった！　誰に会いに来た！　バルクか。手伝いの！」

低い声、激しい口調で問い詰められる。

「えと……それはバルクには会いたかったですが……」

エルがなにを怒っているのか、ユキにはわけがわからない。

「カラールに打ち明けたそうだな。ずっと我慢していたが、もうどうにもならぬ、ずっと好きだったひとに一目会いたいと」

「……誰がですか？」

「おまえが……！」

そこでエルははっとしたようだった。

「……ちがうのか？　ではなぜ、急に宿下がりしたいなぞと……」

「そ、それは……鳳王さまが……鳳王さまから一度帰っていい、ゆっくりしてこいと許可が出たとカラールさまが……」

「俺はそんな許可を出したおぼえはない！　おまえのほうから頼み込まれて、カラールが今回だけはと見逃したと……」

「……………」

「……………」

ユキはエルを見つめた。

エルもユキを見つめる。

互いの視線から、同じ理解にいたったことが伝わってくる。カラールに騙されたのだ。

「カラールめ……」

エルがはああっと息を吐いた。

「しかし、少し考えたらわかるだろう。俺がおまえを帰したがるはずがないと」

「そ……それを言うなら……あ、おっしゃるなら！」

さすがにむっとしてユキは言い返す。

「おれがほかに好きなひとがいたとか、そのひとに会いたいから帰りたいとか、そんなの嘘だってすぐにわかるじゃないですか！」

エルが眉間ばかりか鼻の頭にもしわを寄せた。

「……嘘かどうか、わからぬではないか」

低い声で言われる。

「おまえが俺に抱かれるのは、俺の、鳳王の霊力を復活させるためだろう。実はほかに好きな相手がいたとしても……おまえは俺を拒否できぬ」

「そ、そんなふうに……思っていらっしゃったんですか……」

声が震えた。

笑いたくて、怒りたくて、そして泣きたい。いろんな感情が渦巻いて、なにをどう言えばいいのか、なにを伝えたいのかさえわからなかった。口がぱくぱくと動くが、言葉が出てこない。

「……ひどい、です……」

ようやく出せたのは、恨みごとめいた短い言葉だけだった。

エルはその言葉に傷ついたかのように一瞬、きゅっと目を細めた。が、すぐに、怒りにも似た光がバイオレットの瞳に戻ってくる。

「ならば……俺が鳳王ではなくても……おまえは俺に抱かれたか」

その問いは、無防備に立っている時に、とんと膝裏を押される感覚に似ていた。ぐらりと重心がかしぐ。

「……もし、鳳王じゃなかったら……？」

もしも、果樹園で知り合ったままのエルに求められていたら……？

ユキの混乱をよそに、エルはふっと自嘲的な笑みを漏らすと、首を振って横を向いた。

「つまらんことを言った。身分をかさに着て己の欲望を遂げる……そういう輩にだけはなりたくないと思っていたが……」

エルの言葉はユキの耳を素通りしていく。――もし、果樹園で知り合ったままのエルに求められていたら？　そしたら……。想像するだけでからだが火照り、ユキは両頬を手で押さえた。そこがあまりに熱くて、燃えだしそうだったからだ。

ユキの様子に気づいたエルが目を見張った。

「み、見ないで……ご覧にならないでくださいっ」

熟れたリンゴよりも赤くなっているにちがいない。顔を見られたくなくて、ユキは横を向こうとした。その肩をエルに摑まれる。

「なぜ、赤くなっている？」

聞くな。

そう一言で返したい。

おまえのせいだよ。

そうなじってやりたい。

「と、友達だと思っていました！」

ちょっと風変わりな、謎めいた友達。

「友達……でした……でも、もしあのまま……」

つきあいが続いていたら、そしてエルに「好きだ」とキスされていたら……自分はどう感じただろう。考えるだけで、顔ばかりか全身が熱くなってくる。

「ユキ……」

赤い顔が言葉よりも雄弁に心中を伝えてしまっているにちがいない。エルがさらに顔を寄せてくる——。

「で！　でででででも！　ご結婚なさるのでしょう⁉」

あせったあまり、胸に引っかかっていたことが口から溢れた。

「ゼアーノ公爵が縁談を……」

「ああ、そのような動きがあるようだな。ことわるが」

当然のように言われて、ユキは「え」とその顔を見上げた。エルは「当然だろう」と言わんばかりだ。

「おまえがいるのに結婚などしたら、相手にも失礼だろう」

「おれが、いるのに……？」

そうだ、とエルはうなずく。

「おまえはただ、鳳王の役に立つならば、天鳳界のためならばとの思いから俺を受け入れてくれているのだろうが、俺はちがう。俺はおまえが愛（いと）おしい」

「そ、それは……以前、おっしゃってましたよね。大事にせねばならない、愛すべき相手だって。その義務感で……」

「義務感」

同じ言葉を繰り返されただけなのに、思い切り否定の意思が伝わってくる。エルは器用に唇を歪める。

「おまえが俺を好きになれないのはわかっている。しかし、俺はおまえが好きだ。義務感などではない。それぐらい伝わらんか。鈍いのか」

さりげなく馬鹿にされたが、そんなことはどうでもよかった。

「だ、だって……鳳王さまなのに……おれなんかのこと……」

「鳳王だからなんだというのだ。鳳王であってもひとを好きにもなれば、独占欲も持つ。……おまえにほかに好きな男がいると聞かされただけで、城を飛び出してくるほどにな」

「鳳王さま……」

エルの口が開きかけた。名を呼ぼうとしてくれたのだろうか。

しかし、その時、ざあっと葉ずれの音を立て、枝をざわめかせて風が吹いた。

生ぬるく、濁った、いやな風だった。

はっとエルが顔を上げる。

同じ方向をユキも見上げ、そして息を飲んだ。

人間界とのゲートがある東の空が、赤黒い雲に覆われていた。


黒いだけではない、ところどころに内臓を思わせるような生々しい赤をはらんだ雲は、いつもの瘴気による黒雲よりもはるかに不気味だった。それが、もく、もく、と一秒ごとにこちらへと広がってくる。

ざあっと吹きつけてくる風は生臭い。時折、赤黒い雲が白く光るのは稲光か。

「……ユキ」

怖いほどの顔でその雲を見つめていたのに、ユキに向けられたエルの顔はおだやかで、薄く笑みさえ浮かんでいた。

「城にひとりで帰れるか？」

「鳳王さま……」

「あの雲だ。みな、おまえが黒鳥でも気にもすまい。見つかったところで、城に逃げ込めばよいだけだ」

ユキはふるふると首を振った。

「お、王宮には、帰りません……」

「そうか。では戸口と窓をしっかりと閉めて、家にこもれ。決して出てくるなよ」

ユキはまた首を横に振った。

「鳳王さまは……鳳王さまは？」

「俺は」

エルの笑みが深くなった。

「俺の仕事をしに行く。鳳王を鳳王たらしめるのが、俺の仕事だからな」

以前にも聞いた言葉だった。言葉遊びのようなそのセリフの裏に、どれほどの責任感と覚悟があったのか、ユキはその時、痛いほどに理解した。

「でも、でも！　危ないです！　あんな、あんな雲……」

どんな穢れを吸えば、あれほどのまがまがしさに育つのか。これまでエルが浄化してきた雲や瘴気とはケタちがいだ。

エルが真顔になる。

「今、危ないのは天鳳界だ。俺はこの世界を守らねばならぬ」

すっと頬に手を添えられた。

「心配するな。行ってくる」

そう言うやいなや、エルの姿は純白の鳳へと変わった。ふわりと飛び立つ。

「鳳王さまっ！」

もうエルの声に振り返ることもない。長い冠羽と尾羽をなびかせ、大きな翼を優美に波打たせて、鳳はまっすぐに邪悪な黒雲へと飛んでいく。

王宮に帰れと言われた。帰らないなら家にこもれと。

それだけあの雲が危険だと、エルもわかっているのだ。

「……っ」

ユキは地を蹴った。漆黒の羽で覆われた鳥の姿になって、エルを追う。

しかし、さすがに鳳であるエルに二回りも小さいユキが追いつくのはむずかしかった。

どんどん引き離されてしまう。

それでも懸命に翼をはためかせて、ユキはエルを追った。黒雲から逃げてくる鳥人や小鳥、虫たちにぶつかりそうになりながら、必死に飛んだ。

前方に黒雲が迫ってきた。エルの姿はもう雲に呑まれて見えなかったが、エルの霊力で浄化されたのだろう、雲の一部が淡く薄くなっていた。

(この奥に鳳王さまが!)

ひとつ大きく息を吸い、ユキは思い切って黒雲に突っ込んだ。とたん、

「キュウァァア!」

翼にまとわりつくような、淀んだ重さと濁った空気に、思わず悲鳴が出た。

ユキが飛び込んだところは、エルがすでに浄化しながら飛んだあとだ。もとの雲の濃さのままだったら、ユキにはまっすぐ飛ぶことさえできなかっただろう。

(鳳王さま、鳳王さま)

ひたすらエルのことを思って翼を使い続けていると、周囲の雲の端に金色の粒子がキラキラしているのが見えるようになってきた。エルが近い。

しかし——鳳王の浄化が追いつかないのか、奥からどんどん重い雲が湧いてくる。ユキがちらりと背後を振り返ると、飛んできたところももう、厚い雲にふたたび覆われてしまっている。

やはりこれまでの瘴気とはまるでちがう。

（これほどのものを鳳王さまおひとりで……）

不吉な予感に胸がざわめいた。本当にエルは大丈夫だろうか。

早く追いつかねば。

黒い雲がまとわりつく翼が重かった。濁った空気が肺に入り込んで、息も苦しい。かすむ目をすがめながら、ユキは湧いてくる瘴気の圧に逆らって、必死に翼をはためかせた。

ふらりと揺らぎ、また持ち直す。もうダメかと思い始めた頃、ようやく赤黒い雲のあいだに純白の尾羽が見えた。

『鳳王さま！』

ユキは叫んだ。ほっとした瞬間、ふっと意識が薄れた。

『ユキっ！』

エルの声が頭の中に響いた。気を失いかけていたのを引き戻される。

『鳳王さま……』

あと少し、あと少しでエルに触れられる。そうしたら、エルに元気になってもらえる。

あと少し……そう思うのに、もう翼に力が入らなかった。落ちる――。

しかし、落下の感覚はわずかだった。翼がほわんと柔らかな壁に当たり、ユキは目を開いた。呼吸も急に楽になる。

「ここは……」

丸い球に包まれていた。いつの間にかひとの姿に戻っていて、やはりひとの姿のエルが怒った顔で上から降りてくる。

「ついてきたのか！　家にこもっていろと言っただろう！」

のっけに叱られた。

「だ、だって、鳳王さま、おひとりじゃ……」

エルを見上げ、ユキは必死に訴える。

「この瘴気は普通じゃありません！　どんどん湧いてくるし、鳳王さまのお力でも……」

「……埒が明かないのはわかっている」

苦しげに首を振り、エルは丸い球体を見上げた。球体の中は白い光で満ちているが、それを押しつぶそうとするかのように、赤黒い雲が外側をみっしりと包んでいる。鳳王の浄化の力さえ及ばない、すさまじい瘴気だ。

「結界を張ったが、いつまでもつか……」

「一度、王宮に戻りましょう！　お願いです、このままじゃ……」

「人間界はもっとひどい状態だろう」

エルの言葉にはっとした。だからか。こうも次々と邪悪な雲が湧いてくるのは。

「俺はこのまま人間界へ行く」

強い意思を感じさせる、強い声だった。

「鳳王さま！」

「元を断たねば、いくらこちらで浄化しても追いつかぬ」

「でも、でも、そんなことをしたら……」

エルはどうなるの。

黒い雲のかたまりがごっと押し寄せてきた。結界が歪み、エルが片手を突き上げた。

「うぅ……」

球体はもとの形に戻ったが、エルの口からは呻き声が漏れた。苦しそうだ。

「エル！」

思わず名を呼んでいた。駆け寄ってなんとかエルを支えようと腕を回した。

「もう帰ろう！　無理だよ！　人間界をエルひとりで浄化するなんて！」

これだけの瘴気を生み出している穢れに触れ続けたら、いくら鳳王でも無事ではすまないだろう。今だってもう、エルは苦しそうなのに。

なのに。

笑いの気配が伝わってきた。

「久しぶりだな。その名で呼んでくれるのも、遠慮のない物言いも」

「今はそんなこと……」

エルが眼差しきつく、結界の外をにらんだ。

「もうこの結界はそれほどもたん。ユキ、おまえは城に戻れ」

「エルは……？　エルも一緒に帰ろう……？」

「俺は」

片手を上げて結界を支え続けたまま、エルはユキに向かって微笑んだ。

「帰らぬ。天鳳界と人間界の空を浄化するのが俺の仕事だからな」

「で、でも！　危なすぎるよ！　これだけの瘴気をひとりでなんて……！」

「のんびりしていたら、そのあいだに天鳳界が穢される。おまえの果樹園も枯れてしまうんだぞ」

「天鳳界も果樹園も……」

その時、胸に湧いてきた強烈な想いに、ユキはたじろいだ。

「……天鳳界も果樹園も、どうでもいい」

小さな声で、自分の心に湧いた思いを言葉にしてみた。

口に出してみると、それがまぎれもない、自分の本心だと確信できた。――そうだ。天鳳界なんかどうでもいい。果樹園が枯れたってかまわない。鳳王の務めもなにも関係ない。

「ユキ？」

「行かないで！　行かせない！」

ユキはエルの胸にしがみついた。

「ユキ‼」

強い叱責の声にもひるまない。

「いやだ、いやだ‼　エル、死んじゃうよ！　そんなのいやだ！　行かせない、行かせない、絶対！」

エルを必死で押しとどめた。

エルのほかに、大切なものなどなにもない。エルのためなら、自分の命だってなんだって差し出せる。鳳王のためではない。エルが、エルだから……エルが好きだから。

こんな状況になって初めて自分の本心がわかるなんて。

涙が出そうだった。

「エルが好きなんだ！　行かないで！」

思い切り叫ぶ。

その時だった。

ユキは自分のからだの奥から、なにかとてもあたたかくて大きなものが流れ出すような感覚をおぼえた。その流れはそのままエルの中へと吸い込まれていく――。

『ユキ、これは……！』

驚きの声は頭に直接響いてきた。エルのからだがまぶしいほどに輝いて、その光はあっという間に結界を破って広がる。

ルゥウゥウラァァァァァァ――！

高い鳴き声が響き渡った次の瞬間、ユキは見た。光の中から、光そのもののようにまぶしい大きな鳥が現れたのを。

白い純白の鳳よりさらに大きく、翼はよりたくましく、冠羽も尾羽も長く華やかな、七色に輝く鳥が。

『鳳凰……！』

少しばかり落下したが、すぐにユキも鳥に姿を変えた。

ばさり。

鳳凰がその白金に輝く翼をひと振りすると、嘘のように周囲の雲が晴れた。ありとあらゆる色彩が四方八方へと飛び散り、光が触れた雲はしゅるしゅると溶けていく。

『しっかり摑まっていろ』

ユキに自分の胸に摑まるよう命じて、エルはゆっくりと大きく弧を描いて空を切った。

赤黒い雲がどんどん消えていく。

ピィィィイルウゥウゥウ――！

誇らしげなさえずりが天鳳界の空に響き渡った。

それは鳳凰へと姿を変えた、新たな天鳳界の王の鳴き声だった。

ユキはこれが本当のことだとはまだ信じられない思いで、一回りも二回りも大きくなり、ただ白いのではなく、七色の光を帯びて輝くエルのからだを上になったり、下になったり、横に並んだりして見つめ続けた。

翼も冠羽も尾羽も、より華やかで、美しい。

（これが、エル？）

人間界を飛んでいるあいだはエルの胸に摑まっていたが、無事に天鳳界に戻り、ユキはエルの姿を見たくて飛び出したのだった。

少しばかり残っていた赤黒い雲は鳳凰が上空を飛ぶだけで消え去り、青い空が戻ってきている。その空を鳳凰がさらに浄化の金粉をまいて横切る。

『ユキ、大丈夫か？』

『あ、う、うん！　鳳王さまは……』

『もうエルでいいだろうが』

苦笑しているのが伝わってくる。

『じゃあ……エル、エルは大丈夫？』

5

『それがな』

エルの首が揺れた。気がつくと、さっきから翼も広げられたままで止まっている。

『少し、がんばりすぎたようだ』

『え？』

『俺から離れろ。今度こそ、言うことを聞けよ……』

かくりとエルの首が垂れた。急速に落下する。

『エル！　エル！』

なんとかその身を支えようとするけれど、大きさがちがいすぎてどうしようもない。

どんどん地上が近くなってくる。あせるユキの目に、たくさんの鷲と貴鳥の姿が飛び込んできたのは、もう高い梢になら触れようかというところだった。カラールと兵鳥たちだ。

その後ろから、これもたくさんの鳥人たちが飛んでくる。

『みんな……』

鳳王を助けようと飛んでくる、幾百、幾千の鳥の姿に、ユキは胸がいっぱいになった。

ぽろりと一滴、ユキの目から落ちた涙は風にさらわれた。


「ではユキさま、陛下をよろしくお願いいたします」

いつものように、スラーはどこまでもうやうやしく、カラールはどこかにやにやと、王の寝室を出ていく。

湯あみをすませて身を清めたユキは、そっと天蓋の中をのぞき込んだ。

意識を失ったエルが横たえられている。しかし、鳳凰となって使える霊力が各段に増したせいだろうか、いつもの青白い憔悴しきった顔とはちがう。これならきっと回復も速いだろう。

ユキは寝台に上がると、エルの上に身を重ねた。両頬を手で挟んで唇を合わせる。

その柔らかさとあたたかさに、「このひとが好きだ」と改めて思う。

何度も口づけを繰り返していると、エルが目を開いた。

「エル、お疲れさま」

「ユキ……」

やはり以前とは疲れ具合がちがうのだろう、すぐにエルの目に力と光が戻ってきた。

「……落ちたと思ったが……おまえは大丈夫だったか」

「うん、みんなが助けてくれたよ」

エルはよかったと言うように息をついた。優しい光をたたえた瞳で見つめられる。

「おまえには感謝せねばな。おまえのおかげで、俺も、天鳳界も、救われた」

そう言われると、居心地が悪くなるユキだ。

「そんな……おれ、天鳳界なんかどうでもいい、エルだけ無事ならって……」

「ん？　なんだ？」

聞き返される。もごもごしゃべっていたのがいけなかったのかと、

「あの時、おれ、天鳳界なんかどうでもいいって思ったんだ。エルさえ無事ならって」

と、言い直した。……が。

「なんだ、よく聞こえない、もう一度」

エルはわざとらしく耳の横に手を当てた。

「……エル、聞こえてるだろ」

「心地いい言葉は何度も聞きたくなるものだ」

澄まして言うのが憎たらしい。

「どうして俺を人間界に行かせたくなかったのか、それももう一度聞きたいぞ」

ぽっと頬が熱くなった。

「あ、あの時は夢中で……」

「夢中で嘘をついたのか？」

「嘘なんかついてない！　本当に……」

エルの目が笑っている。また乗せられたのに気づいて、顔がさらに熱くなる。

「もう一度、言ってはくれないか？」

　腰に手が回ってきて、軽く揺すられた。

「……その……」

「うん」

「エルが、好き」

「ん？　なんと言った？」

　顔はきっと真っ赤になっている。たとえ本当に言葉が聞き取れなくても、気持ちは伝わっているだろうに。

「ユキ、もう一度」

　腹をくくった。

「エルが好きエルが好きエルが世界で一番好き！」

　一息に叫び終わったとたん、ユキはエルにくるりとからだを入れ替えられていた。

　何度も何度も、執拗（しつよう）にキスをされた。顎を摑まれ、時には頭を押さえられて、唇と舌と口腔を貪（むさぼ）られた。

「ん……んっ……ふ、ぅ……ん……」

　ぴちゃぴちゃくちゅくちゅと湿った音がふたりの口のあいだで続く。その合間に、自分の甘い鼻声が混ざるのが恥ずかしいが、キスが気持ちいいのだから仕方がない。

「エ、ル……」

ぼうっとして美麗な男の顔を見上げる。その顔が近づいてくると、もう反射的に口を開けてしまう、そんな自分のいやらしさに気づいても、唇を吸われるのも、舌を絡めたり、エルの口中に吸い込まれて甘噛みされるのも、たまらなくよくて止まらなかった。

「エル……」

艶めくプラチナブロンド、蕩けるように甘い光をたたえたバイオレットの瞳。本当に、この美しい男のすべてに触れていいのだろうか。

「おまえに、もう一度、そう呼ばれたかった」

しみじみと言われる。

「もう二度と……鳳王さまと呼ぶなよ」

釘を刺された。

「……でも……」

「公式の場では許そう。仕方ない。しかしそれ以外は許さん」

くすっと笑いが小さく漏れた。

「エル、えらそう」

エルも笑った。胸の揺れが伝わってくる。

「俺は幼い頃、自分が父の次にえらく、強いのだと本気で信じていた」

「『オージ』だった頃？」

「そうだ。おまえと、おまえの母上に会って、俺は自分がなにもできないこと、知らないことに気づけた。……大事な、大事なことを教えてもらったのに、俺のせいで……」

「エルのせい？」

ユキは目を見張った。なにがエルのせいだというのだろう？

エルがせつなげにユキの生え際を撫で上げた。

「俺のせいでおまえの母上はケガをし……命まで……すまなかった」

心底、申し訳なさそうにあやまられて、ユキはあわてた。

「あの、あの……」

「もし、やはり俺を許せぬというのなら……」

「かあさんは元気だよ！　ここ半年ばかりは会ってないけど、元気なはずだよ！」

今度目を見張ったのはエルのほうだった。

「……なに？　しかし果樹園にはおまえひとり……」

「かあさんは定住を嫌って、ケガが治ったら出ていったんだ。おれはもうじっちゃんになついてて、果物のこととか教えてもらうのが面白くなっていたから、かあさんについていかなかっただけで……」

エルがユキの上に脱力したように覆いかぶさってきた。大きく息をつく。

「……よかった……」

万感こもった声音に、ユキはその背に手を回した。――これまで時々、エルは妙に引っかかる物言いや表情をすることがあった。その理由はこの誤解にあったのか。

「なんか……ごめん。ずっと気にしてくれてたんだ？」

「……おまえは俺が鳳王であるせいで、なにを求められても鳳王さまにお仕えするのだという心でいただろう。それが俺には耐えがたかったが……母上の死の原因を作った相手など、そうでもなければ受け入れてもらえぬだろうと思っていた……」

はっとした。

「エル、そこまで考えて……」

エルが横を向き、額をこつりと合わせてくる。

「母上のことは関係なく、おまえが俺を好きになってくれたと思ってうれしかったが……そうか。母上はお元気なのか」

「うん、あの時の『オージ』が鳳王さまだったと知ったら、きっとすごく驚くよ」

「よかった……」

しみじみと言うエルの唇をユキは自分から、ちゅっとついばんだ。

「ありがとう……かあさんのこと、ずっと気にかけてくれて。もっと早く、かあさんは元気だって言えばよかった」

「いや、十分、早いぞ」

エルのほうからも唇を重ねてきた。

「俺たちはまだ、始まったばかりだからな」


上掛けをふたりで隅に押しやって、ふたりで互いの服を脱がせ合った。

その合間にも我慢できなくて、何度も何度もキスを繰り返した。

ユキはエルの顔と唇にしか、まだ唇を押し当てられなかったが、エルのほうは前からそうだったように、ユキの胸といわず、肩といわず、唇をすべらせてきた。

「ぁうんッ……」

柔らかく押し倒され、乳首を長く吸われた時には声が出た。そこにしばらくエルの唇と指はとどまって、胸の赤いナツグミがぽってりとふくらんで硬く張るまで弄られる。

今日もエルの指先は器用に動く。

「エ、エル……豆むきは下手なのに……」

ユキはずっと胸にわだかまっていた疑問を口にした。ん？　とエルが目を見張る。

「こ、ここさわるの……練習したことあるのかなって……」

ああ、と納得したエルがにやりと笑う。

「練習したことなどないが、好物はより丁寧に料理するだろう。そういうことだ」

ぬけぬけと言われて、うれしいけれど恥ずかしい。

そうしてユキの胸の肉芽を十分に赤く熟れさせてから、エルは顔を下へと移動させた。

なめらかな下腹よりさらに下まで……。

「そこは！」

と、ユキは肘をついて上体を起こした。手を伸ばして、エルの口から股間を守る。

「なぜ止める」

むっとしたようにエルも顔を上げた。

「もうおまえと俺のあいだで身分は関係ないだろう」

「身分は関係なくても！　き、きたないし、恥ずかしいし……」

そこでエルはユキにも見えるように顔を傾け、柔らかく存在を主張しだしているソレを
そっと撫でた。

「おまえはきたなくて、恥ずかしい存在らしいぞ」

「ど、どこに話しかけてるんだよ！」

「だが俺は知っているぞ。おまえはきたなくなんかないし、恥ずかしい存在でもない。そ
しておまえが気持ちよくされるのが大好きなこともな」

そう言って、エルは片手でユキの手を摑んで抵抗を封じ、もう片方の手でまだ芯のない肉茎を持ち上げた。そっと丸い先端に唇を這わせるように口中に含み込む。

「だ、だからだめだって……ッッッ～～～ッ」

目から白い星が飛んだような気がした。

これまで何度もエルの手で愛撫されたことはあったけれど。柔らかな口の粘膜を使った愛撫は手とは比較にならなかった。強烈な、息詰まるような濃い快感が頭まで突き抜ける。

びくっと背が反った。もう上体を起こしていることなどできない。

その反応が見えているだろうに、いや、だからか、ほっそりした雄茎の先端を唇の裏の柔らかな部分を使って、エルは集中的にしゃぶりたてた。

「いやあッ――んんっあああ――……！」

大きな声が立て続けに出てしまう。気持ちがよくてどうにかなりそうだった。

たちまち、ソコは血を集めて硬く勃ち上がり、エルの手の中で反り返った。と、今度はその反った裏側をくすぐるように舌先で舐められる。

「ン、あ、あ、アアア――や、や、んんんぅッ……！」

こらえようとしてこらえられるものではなかった。先端をねっとりとしゃぶられながら、根に近いほうは指でしごかれる。息つく間もなく、裏筋を舐め上げられて鈴口を舌でつつかれ……。ユキは耐えがたいほどの快感にぴんと脚を突っ張らせ、背を反らせては腰をのたうたせた。指でシーツを掻いても、与えられる快感の大きさは逃しようがない。

「出る、もう、い、いくからッ……もうはなし……！」

放して、出る。その訴えは逆効果だったらしい。

エルはそれまでよりも深く、すっぽりとユキ自身を咥え込んできた。そのままずりゅずりゅと唇と舌でしごかれる。

「――――ッッッう……ッ」

頂点は深く、高く、そして長かった。

白濁が何度も何度も先端を焼いて飛び出ていく。射精の愉悦はたとえようもなく、ユキは胴を震わせ、喉を反らせて、エルの口中に体液を放った。

「………」

官能のいただきを越えても、ユキはしばらく動けなかった。全身の肌がざわつき、からだの芯がいつまでも震えておさまらなかったせいだ。

爆発にも似た絶頂は甘い余韻に変わって、ユキの頭をぼうっとさせた。

どれほどそうして荒い息をつき、興奮の余波に揺られていたのか。

ようやく目を開いた時、ユキは自分の顔をずっとエルにのぞき込まれていたことに初めて気づいた。

エルのバイオレットの瞳は満足げで、そしてこれ以上ないほどに優しかった。

「……見ないで……」

両腕を持ち上げて顔を隠そうとしたが、重い腕をのろのろと上げているあいだにエルの手に阻まれた。

「なぜ。可愛いのに」

「……いやらしい顔になってない？」

恐る恐る聞くと、男はにっと笑った。

「だから可愛いのだ」

甘い瞳に甘いささやき。そして口づけ。

はっとしたのはその口づけの最中だった。

「……エル……さっきの、おれの……」

これまで知らなかった苦みのある舌に、いやな予感がよぎる。

「ぺってした……よね？」

「いや？」

「出してないの⁉」

「もったいないだろう」

絶句した。

枕をとって、自分の顔に押しつける。またすぐにエルにとられてしまったが。

「なんで……」

「愛しい相手の快感の証だ。飲みたくなってもおかしくないと思うが」

そういうものなのだろうか。本当に？

「じゃあ……」

ユキはからだを起こした。腕をついてユキを見下ろしていたエルの下半身へと移動する。

「無理をすることはないぞ？」

ユキの意図を察して、エルはそう言ってくれた。

「やってみたいんだ」

「いやになったら、すぐにやめていいからな」

優しく言って、エルは寝台の上部に背をもたせかけた。

ゆるく開かれた脚のあいだに膝をついて、ユキはエルの股間にかがみ込んだ。

もう何度もこの身に受け入れたエルの雄をまじまじと見る。こんなふうに正面から見つめるのは初めてだった。いつもされるばかりでは、と手で愛撫を返したことはあったけれど、すぐに与えられる刺激に酔ってしまい、途中で離してしまっていた。

（これが……）

そこはもう十分に漲っていた。美貌とともにしっかりした男らしい骨格をあわせ持っているエルらしく、猛りもまた、荒々しく力強い。

好きな相手のものだからだろう。嫌悪感など微塵も湧かなかった。むしろ、早く触れてみたくなって、ユキはエルの剛直に手を添え、唇を寄せた。

されたことを思い出して、ゆっくりと唇をすべらせて口中に含む。

「ん……」

吐息に声が混ざっておりてきて、少しばかりほっとする。

気持ちよくなってほしい――その想いで、つたないながら、唇でしごき、舌で舐めた。

もう硬く勃起していた雄根はユキの口淫にさらに太くなって密度も増した。口中を圧迫する肉剣が大きくなったことに励まされて、ユキは音を立ててエルをしゃぶった。

「んぅ……」

短い声に、しゃぶりながら目を上げる。

視線が合った。エルの目がきゅっと細められる。

その瞳の猛々しい光に、下腹の奥が痛いほどに疼いた。その疼きにユキはとまどう。

(おかしい……口でしてるだけなのに……なんで……)

腰の奥に生まれたあやしい熱がせつない。もぞもぞと腰が揺れた。

触れるだけではなくて、触れられたい。新たに生まれた欲とともに、もっと深く奥までエル自身を頬張りたくもなって、ユキはぐっと下まで顔を伏せた。

喉の奥を圧迫され、口の中もいっぱいで、苦しかった。なのにやめたくない。

(もっと、もっと……)

触れたい。触れられたい。味わわれて、味わいたい。

欲望のままに、ユキは何度も何度もエルの雄を根元まで呑み、しゃぶり、舐め回した。

「ユキ、もう……」

低い、少しあせりのにじむ声で言われた時、口の中に、じゅん、と苦みが広がった。

(本当だ)

好きな相手のものだから。すべてがほしくなる。

ひとしずくだけこぼされたぬめりを、ユキは鈴口に舌を這わせて舐め取った。

「ユキ」

今度の声には、非難めいた色があった。

「そんなにされては……俺もたまらん」

身を起こすようにうながされ、

「おまえの中に入りたい」

直截な言葉で望まれる。

そのつながる行為はユキにとって苦痛が勝つ行為だった。それまで十分に快感を与えられていて、最後にエルが望むものを拒みたいとは思わなかったが、ユキのほうから積極的に求めるものではなかったのだ。

しかし、その時――。

ユキのすぼまりはエルの求めにひくりと疼いた。口でしゃぶったエル自身を、もっと深く、きつく、己の中に迎えたくて、ジンとそこが熱くなる。

ユキは無言で、みずから腰を浮かせた。膝でエルの腰をまたいで立つ。

「準備を……」

と言われたが、首を振った。

「たぶん、大丈夫」

大丈夫ではないかもしれなかったが、ほぐされるのを待つ間が惜しかった。

手で剛直を支えて、肉蕾に押し当てる。

ぐっと腰を落とした。

「んぐっ……あうぅ……っ」

ユキ自身の唾液で十分に潤っていた猛りは、やはりユキ自身の重みを借りて、ずぶずぶとすぼまりの中央に沈んできた。

「いあッ……あ、あうっ……」

肉環を拡げられる痛み、隘路を貫かれる苦しさ。いつもと同じ苦痛が、エルに貫かれることで与えられる。……なのに。

「あふ、ううぅ……う、んッ」

じわじわと、苦しさだけではないなにかが、ユキの秘孔から全身へと散り出していた。

「……え……？」

とまどって目を開いた。エルと目が合う。その刹那（せつな）——甘い、これまで知らなかった、濃厚な蜂蜜のような甘さが下腹に満ちた。

「あああ——！」

喉を反らせて、ユキは喘いだ。上がった声もこれまでとちがう。これ以上なくせつなげで、そして甘えるような響きを持った声だった。こんな声を自分が出すなんて……。

「ユキ？」

目を見開く男の肩を借りて、ユキは腰を落とし切った。そうせずにはいられなかった。最奥まで呑み込み、ユキはまた高い声を放った。

「……ア、ア……あつ、熱い、エル……ああ、いい、いいッ……！」

太くて硬い肉塊がくるおしいほどによくて、もっと深くに、もっときつく、それを味わいたくて、たまらない。

腰が淫らにうねった。

硬く漲った男根で蜜襞（みつひだ）を掻き回され、肉洞（にくほら）を蹂躙（じゅうりん）されたくて、ユキは何度も何度も腰を持ち上げては落とす。ずるずると引き出されるのも、ずんと奥を穿たれるのも、頭の芯が焼けるほどに気持ちがよくて、腰が止まらなかった。

「あああ、あん、あんッんッ……や、やだ、エル……やだ、気持ちいい！　いいよ……！」

自分がどうなってしまうのかわからなくて、自分のからだが、快感の激しさが怖くて、ユキはエルに訴えた。いやだ、いい、いやだ、と。

なぜだか視界が潤んでいて、それはやはりユキのコントロールを離れた涙のせいだったかもしれないが、その潤んだ視界の中で、エルもまた苦しげに眉間にしわを寄せていた。

「ユキ……これでは俺も……」

呻くような声で言い、やにわにエルはユキの両肩を掴んだ。

「あ！」

視界がぐるりと回ったと思ったら、ユキはエルに押し倒されていた。太ももを大きく押し広げられ、胸のほうへと折られる。

「許せ……抑えられん」

なにを？　と聞き返す間もなかった。

ずん！　容赦のない力で、入ったままの剛直をふたたび突き込まれた。

「ひんッ」

衝撃でのけぞった。次には、わざとゆっくりと引き抜かれた。絡みつく肉襞をこすられるようなその摩擦に、またたまらない快感が走る。

「あうあッ……あ！　あああ……！」

これまでにない強さと速さで、肉壺（にくつぼ）を穿たれ続けた。深く浅く、時に丸く抉（えぐ）るように。

ユキはあられもない声を上げて、悶え、そして、深く濃い快感に溺れ続けた。


それが起きたのは、ユキが初めての官能に理性も羞恥も、そしてわずかに残っていた遠慮もすべて飛ばしてエルの背にしがみつき、エルが放ったものを身の内深くに受け止めていた時だった。

エル自身の頂点へとエルが駆け上がった、その激しさにユキももう何度目かわからぬ波に呑まれて気持ちよさに声もなく極めた、その時――。

ユキは自分の中のなにかが大きくふくらんで、エルを包み込むような、それこそ初めての感覚を同時におぼえた。ただ、からだの一部でエルを受け入れているというだけではない。もっと深く大きなユキのすべてで、ユキはエルを包んでいた。

その中で、エルが芯から癒され、そして補われていくのが、なぜだかユキにはわかった。

「これは……！」

ユキがなんとか目を開くと、驚きに見開かれたエルと目が合った。

ふたりにだけ理解できることが、起きていた。

目を見交わす。

無言で手を握り合った。さらに大きななにかがユキからエルへと流れる。

鳳に与えられる、凰の真の愛情――ユキはまた静かに目を閉じた。眦（まなじり）から伝った涙は、あたたかかった。


エルの胸に優しく包まれていた。

髪を撫でる手にめざめたのか、額に落とされたキスにめざめたのか……ユキは「あ」と声を上げた。いつの間にか、意識を失っていたらしい。

「大丈夫か？　どこか、つらくはないか？」

いたわる言葉に「大丈夫」と答えた声がかすれていて驚いた。

「喉が……」

「ずっと声を上げていたからな」

にやり。エルの口元に意地悪な笑みが浮かぶ。

「誰のせいだと……」

なじりかけて、ユキは言葉を切った。責任を言い出したら藪蛇（やぶへび）になりそうだ。

「……うれしかったぞ」

今度は意地悪ではない笑みがエルの顔に浮かぶ。鼻の頭にキスが落とされた。

「おまえが初めて……俺をすべて受け入れてくれたようだった」

自分の痴態が思い出されて、急に恥ずかしくなった。ユキはエルの首元に顔を伏せた。

「……感じすぎて……もう……おかしくなるかと、思った……」

「おかしくなればよい」

抱かれる腕に力がこもった。

「俺にはおまえだけだし、おまえには俺だけなのだから」

そうだ。その通りだ。

でも……。

「……でも、恥ずかしい」

消え入るような小声でつぶやくと、エルは低く笑って顎をすくってきた。

「もっと恥ずかしいことをこれからしよう」

そんな。

抗議したいのに、見つめてくるエルの瞳が蕩けるように甘くて、ユキはなにも言えなくなる。蜂蜜の中にとぽんと漬けられて芯まで甘くなるリンゴのように、エルの甘さに蕩かされてしまいたい——そんな淫らな欲望が自分の中にあるのに気づかされてしまったからだ。

「ユキ。俺の伴侶になってくれるな?」

つがい、とは言われない。伴侶という言葉を選んでくれるエルの想いがうれしい。

「……うん」

胸がいっぱいで声がすぐに出なかった。ユキはこくこくとうなずきながら、なんとか声を押し出した。

「うれしい」

その答えに、エルの瞳がさらに柔らかくなった。

「俺も、うれしいぞ」

エル。呼ぶ声は重ねられた唇のあわいに消えていった。


次の日は、昼までユキは起き上がることができなかった。

しかし、いくらエルがいいと言ってくれても、鳳王の寝室にいつまでも居座るわけにはいかない。ユキはエルが枕元に置いていってくれたガウンを羽織り、なんとか寝台から出てみた。だが足がふらついて力が入らない。

またぺたんと寝台に座って、ユキは「困った」とつぶやいた。

「歩けない」

エルはもうすっかり身支度も終えていた。テーブルでなにか書類らしきものをめくっていた手を止めて、こちらを見る。気のせいかいつもより肌も髪も艶がよく、元気そうだ。

「起きたか」

「きのうは大活躍だったからな。疲れが出ているのだろう」

「大変だったのはエルもなのに」

寝台まで歩み寄ってきてユキを見下ろすエルの目は、優しく包み込むようだ。

「俺はおまえに力をもらった。あれだけの力を俺にくれたのだ、おまえが動けないのは当たり前だ」

そしてエルは、「ありがとう」とユキの前に膝をついた。

「俺を愛してくれて。癒してくれて」

まっすぐ、感謝の気持ちが伝わってくる。くすぐったくなって、ユキはこほんと咳払いした。

「鳳王さまのお役に立てて、こんなうれしいことはありません」

わざとしかつめらしくそう言うと、

「おまえ……！」

と立ち上がったエルに摑みかかられた。きゃーと寝台に倒れ込む。

「ふたりだけの時に鳳王さまと呼んだらお仕置きだと……」

「えーお仕置きなんて聞いてない」

ガウンをまくり上げられそうになって、今度は少し本気で悲鳴を上げた。

「陛下」

すぐ近くから声がかけられたのはその時だ。

カラールとスラーが立っている。ユキは「ひ」と息を飲んだ。あわててガウンの裾を引っ張る。

「なんだ、おまえたち。無礼であろう」

「何度もノックしたのですよ。悲鳴が聞こえたのでなにごとかと」

カラールが肩をすくめる。

「そうだ。おまえには話がある」

寝台から下りて、エルはカラールに向かって腕を組んだ。

「宿下がりのことで、おまえは俺とユキに嘘をついたな」

「雨降って地固まるということわざが天龍界にはあるそうですよ。終わりよければすべてよし、これも天龍界だったかと」

仕方ないというように、エルが溜息をついた。

「……今回のことだけは不問に付してやろう」

だけ、に力を込めて言う。

「御意」

「ところで、朝、おまえたちに頼んだことはどうだ」

「そのことですが」

カラールが顔を引き締める。

「本気でおっしゃっているのですか？　黒檻のある塔を取り壊せと」

「え」

ユキは驚いてエルを見上げた。あの塔を？

「俺とユキは真に結ばれ、俺も鳳凰となることができた。あの塔を取り壊すのに、しきたりだの、鳳凰が生まれないだの言っていたやつらも、もう反対できまい」

「陛下とユキさまは特別かと。また同じことが起こるとは……」

「おまえたちは知っているだろう。俺の母があの塔に死ぬまで閉じ込められていたのを」

「っ」

初めて聞く事実に、ユキは絶句した。

しかし王宮ではよく知られている事実なのか、カラールとスラーはいたましそうな表情で「存じております」とうなずく。

「俺は実の母が凰であることも知らされず、長いあいだ、父の妃を母と信じて育った。妃の身分はあっても、自分のほかに寵愛の対象がいるのが面白いはずもない。前妃は俺が大事な長男だからと周りを言いくるめ、俺に好きなものばかり食わせ、やたらと褒めちぎり、なにも学べず、なにも耐えられぬよう、仕向けた。自分が産んだ俺の弟妹たちともあまり接触させず、俺を孤立させるようにも仕向けてな」

「ひどい……」

思わずユキはつぶやいていた。ガウンをぎゅっと握る。

「ですが、陛下はそのような育てられようをされながらも、このようにご立派にお育ちではないですか」

スラーがたまりかねたように一歩出てきた。

「それは勘ちがいだらけだった子供の俺が、城を出て、そこで会ったひとたちに正しいことを教えられたからだ。そうでなければ、俺はいまだに、まちがった全能感の、悪い王になっていたことだろう」

カラールとスラーが黙り込む。

「俺が真実を知らされた時には……母はもう正気ではなかった。あのように忌まわしい塔は残しておくべきではない。もし、俺の次の代の王が凰と出会ったならば、その者はその凰に愛されるよう、努めるべきだ。あのような部屋を使わずな」

「――御意」

カラールが深く腰を折った。

「仰せの通りです。早速に、あの塔の取り壊しを手配いたしましょう。ついでと言ってはなんですが、ゼアーノ公爵が持ってこようとしている縁談も、ことわっておきましょうか」

「いや」

カラールの問いに首を振ったエルに、カラールとスラーが目を丸くする。

エルの眉が片方だけ、器用に持ち上がった。

「わざわざことわるまでもない。この天鳳界では重婚は認められていないからな」

「重婚、とは？」

カラールの視線がエルからユキへと流れる。その視線を追うように、エルがユキを振り返った。

「え？」

にやりと笑い、エルは膝をついて寝台に乗り上げてきた。あっという間に、ユキはその両腕に抱き上げられていた。

「わわ……！」

「俺の妃だ。結婚式は盛大にするぞ」

カラールとスラーに向き直り、エルが宣言する。

なにを言い出すのか。ユキは抱き上げられたことにも、エルの言葉にも驚いて目を丸くした。

「そ、そんな……いくらなんでも、身分が……」

「なんだ」

エルの目がわざとらしく見開かれる。

「おまえは先ほど、『うれしい』と結婚の申し込みを受けてくれたではないか」

「え、え⁉」

伴侶と言われたが、つがいと同じような意味だろうと勝手に思っていた。

「ま、まさかホントに結婚……？　だ、だって、でも、身分……」

「身分がなんだ。鳳王である俺が言うことに、誰が逆らえる」

「そういうの、職権乱用じゃ……」

「だから、乱用できる職権があるなら使えばよいと前も言ったであろう」

「でも、でも！　凰の存在は秘密なんじゃ……」

おろおろとそう言うと、

「それでしたら、大丈夫でございますよ」

カラールが入ってくる。

「きのうの陛下とユキさまのご活躍、七色に輝く鳳王とそれを支える黒鳥の姿は、もう民のあいだで噂になっております。みな、ユキさまが妃となられることを喜ぶでしょう」

うむ、とエルがうなずいた。

「これまでは凰が本当はどういう存在であるか、秘密にされてきた。だが、人間界の穢れがますますひどくなっている今、きのうのようにユキの助けが必要となることもあろう。これからは凰が鳳王にとってどれほど大切なものか、民にも堂々と示していけばよい」

「御意」

「御意にございます」

頭を垂れるカラールとスラーから、エルはまた、ユキへと視線を落とす。

「もう、黒鳥が不吉な存在だなどと、誰にも言わせせん」

ひと前で鳥姿になってはいけないと、ずっとおびえていた。もう、隠れていなくていいのか――。胸がじんと熱くなる。

「エル……」

「おまえは、誰にはばかることもない、俺の愛しい妃となるのだ」

エルがにっこりと微笑んで唇を寄せてくる。

いったんはうっとりとその唇を受けそうになったユキだったが。

「だ、だめ！」

にやにやと見ているカラールに気づき、あわてて鳳王の顔を押し返したのだった。

あとがき

はじめまして！　こんにちは！　楠田雅紀です。

このたびは『天翔ける王の愛贄』をお手にとっていただき、ありがとうございました。お楽しみいただけたでしょうか。

楠田、いろいろなところに萌えツボがあるのですが、そのひとつに「心が結ばれていないのに、からだだけ結ばれてしまった関係」というのがあります。ぱっと思いつくのは「セフレ」かと思いますが、そこまで割り切った関係ではなくて、「好き」が微妙にすれちがったまま深まってしまった関係が特に好物だったりします。

はい、そうです。このお話のエルとユキのような、ですね、こういうのが非常に好きなのです。だから、「鳳王さまのために」と、ある意味けなげなユキに対していら立ちと悲しさをおぼえるエルは本当に書いてて楽しかったです。そしてその隙間が埋まって、真にふたりが結ばれるところ。ここも大変楽しく書きました。

さて。そんな萌えをぶつけることができたのはもちろん、『天翔ける王の愛贄』を世に出していただけるのは、別の意味でもとても感慨深かったです。このお話は単体でまったく問題なくお楽しみいただけますが、ご存知の方はご存知のとおり、『天翔ける』は『龍の妻恋い～うそつき龍の嫁取綺譚～』に始まった天の四界シリーズの最終章でもあります。

天龍界を舞台にした『龍の妻恋い』、その脇役だった子虎が王となった『虎王の秘め事～天虎界綺譚～』、またその脇役同士で亀人が出てくる『虎人と亀人のある愛の詩～天虎界異聞～』(こちらは電子書籍オンリーです)、そしてこの『天翔ける王の愛贄』。スピンオフとして四冊、続けさせていただけたのは本当に本当にありがたく、うれしく……これも楠田の本を読んでくださった皆さま、担当さま、いつも想像以上にキャラの魅力を引き出してくださる羽純ハナ先生のおかげと心より感謝申し上げます。Web連載時から応援くださった皆さまにも感謝しかありません。ありがとうございました。

次の季節が、少しでもなごやかで、心楽しいものとなりますように……。またどこかでお目にかかれますようにと祈りつつ……。

二〇二一年十月吉日　楠田雅紀

楠田雅紀先生、羽純ハナ先生へのお便り、
本作品に関するご意見、ご感想などは
〒101-8405
東京都千代田区神田三崎町2-18-11
二見書房　シャレード文庫
「天翔ける王の愛贄～天鳳界綺譚～」係まで。

本作品は書き下ろしです

天翔（あまか）ける王（おう）の愛贄（にえ）～天鳳界綺譚（てんほうかいきたん）～

2021年12月20日　初版発行

【著者】楠田雅紀（くすだまさき）

【発行所】株式会社二見書房
東京都千代田区神田三崎町2-18-11
電話　03(3515)2311[営業]
　　　03(3515)2314[編集]
振替　00170-4-2639
【印刷】株式会社 堀内印刷所
【製本】株式会社 村上製本所

落丁・乱丁本はお取り替えいたします。
定価は、カバーに表示してあります。

ISBN978-4-576-21188-6

https://charade.futami.co.jp/